U0009584

LOCUS

LOCUS

catch

catch your eyes ; catch your heart ; catch your mind......

MANY

幸
福
!

catch 145 西雅圖妙記4

My Life in Seattle 4

作者：張妙如

責任編輯：繆沛倫 美術編輯：何萍萍
法律顧問：全理法律事務所董安丹律師
出版者：大塊文化出版股份有限公司
台北市105南京東路四段25號11樓
www.locuspublishing.com
讀者服務專線：0800-006689
TEL：(02) 87123898 FAX：(02) 87123897
郵撥帳號：18955675 戶名：大塊文化出版股份有限公司

版權所有 翻印必究

總經銷：大和書報圖書股份有限公司
地址：台北縣五股工業區五工五路2號
TEL：(02) 89902588 (代表號) FAX：(02) 22901658
製版：瑞豐實業股份有限公司
初版一刷：2008年7月
初版二刷：2009年12月
定價：新台幣280元

Printed in Taiwan

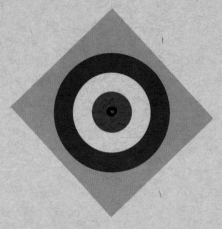

MY LIFE IN SEATTLE
MIAO-JU CHANG

瞄準　幸福

西雅圖妙記❹。張妙如。

大塊
LOCUS
文化

千手佛 VS 麻煩精

這幾年我愛用的手機有兩個特點：

一，要是那種可以自己加裝軟體的。

二，要有 WIFI 功能。

出門旅遊我並不想帶著手提電腦，因為覺得實在太笨重了，但我仍是希望有簡單的上網或 EMAIL 可用，而且不要是用手機及電信業者的上網服務（費用太貴了啊），所以 WIFI 是我很在意的功能，尤其如果投宿的飯店自身就提供免費的 WIFI 上網，那幾乎就已經很足夠應付出外期間的網路所需。

至於加裝軟體——只要可以自己在手機裡新增軟體，我實在不在乎手機自身的功能多不多，沒有的再自己加就好。我最需求的軟體當然是中英字典，大王遺失的手機裡就有加裝英荷（荷蘭）字典，那時候覺得還蠻實用的，畢竟有時候和我的繼子們溝通時，總是有那麼一個關鍵只需用單字解決，所以遺失那支手機，他自己覺得非常可惜・・・

上星期六 大王回家時：

啊，我好像又把手机忘在車上！

算了，反正也沒要用，明天再去拿！

你回來了…

我在忙，不然就會去幫你拿！

大王實在太經常把手机忘在車上了，所以趕稿趕得像千手觀音的我，也沒多想，打完招呼立刻回蓮花座。

隔天我仍繼續拯救地球，我幾乎連他在做什麼也沒注意到，一直到星期一早上，大王要去上班時，才發現他手机到処都找不到，不在家裡，也不在車子裡…

妳現在不要打人啦～妳有千手吧～

活該

你竟然敢把我送你的高科技手机弄丟!!! 你沒良心

大王大概还抱著一線「会找到手机」的希望，所以也没去打电話去电信公司通報停机，到了再隔天，他甚至一副喝過孟婆湯似的，完全已經不在乎這件「前世事」了！也没去停机，也没開始找新手机，打算這樣 欢樂無限、盡其在我 地拖！

喂！我這麼忙，你沒手机我很不方便吧！

↓ 不能打电話叫他買食物回來。

我也快回台灣，你是不打算再連絡了是嗎？

不是啦…人家這門月手頭比較緊…

那还不去通知停机!?

神吧?! →

馬上給我去買一支新手机！多少錢我付!!

那妳要不要一起去幫我选？妳比較了解了手机！

怒

你不知道老梁很忙嗎!?

哦…那就改天再去吧

誰是老梁啊？

不!! 現在立刻就去!!

可愛! 我也去～

大王很容易搞丟手機！
這幾年來，在我現任手機使用的期間中，大王則已經換了三支手機了，不是他那麼熱衷更新配備，而是他總是不斷遺失，所以現在手機反而換成最陽春的，這樣搞丟了也比較損失不大···

我有看過一種手腕型手機，像手錶一樣戴在手上的，我打算，如果大王再丟了手機，就要強迫他買這種的！

所以我們終於給大王弄了一支新手机，同時報遺失，同時調閱帳單！

可惡！！

被偷打了一通呀！！

神佛的話你都不聽了，你还想怪誰？

一通而已，算你好運了！！

我是百忙中抽身逼他把手机辦好的，浪費那麼多時間比付一支手机錢更讓我心疼，原本以為就此風平浪靜，我終於可以好好地繼續未完的大業，沒想到……

啊啊！！啊～～

我的手！我的手被松鼠咬到了～～！！狂犬病呀！怎麼辦!?

饅松鼠花生.

神蹟!!

流浪雕像.

你究竟要怎樣啊…

兩個人相處，真的很不容易…

有一天我和我媽 MSN 時，就很感慨地說：
我覺得我上輩子大概欠大王很多很多，所以這輩子要如此這般地細細還，讓他不斷用一些小事、瑣事來折磨我的太平日子。

人大概只能用這種「不可知」的說法來安慰鼓勵自己，才不會立刻捲行李離去吧。而不是真的要那麼迷信命運輪迴。

神奇大自然

就要除夕了，家家戶戶應該都在努力大掃除吧？在地球的另一邊的我，也不例外。

池塘敷堵住了，

回台灣之前不清理不行！…

清池塘並不痛苦，其實不過就是把掉到池裡的落葉或異物撈出來、把幫浦抽出來洗一洗罷了，痛苦的部分是，如果是在冬天清，池水非常冰冷，我固然取出幫浦時有戴塑膠手套，然而洗好要放入時，因為戴塑膠手套觸覺比較遲鈍，要把管線插回幫浦總是怎麼插都插不入，只有真的用肉手才能正確感覺到管孔位置，這麼一來手及手臂就是凍僵了！

那只是其一，其二是我家不幸有螞蟻，屋外土地下尤其更多，我只要蹲趴在那裡搞幫浦超過三分鐘，螞蟻就大批爬上腿了！而這一點痛苦是不論冬季或夏季的。

因為找人看過螞蟻只是普通美國家蟻，所以我們也一直沒去設法全面撲殺螞蟻・・・

類似這种問題，我從來不敢想像小精靈会在半夜出來幫我清，而我又要專心睡覺就好！因為半夜出來的是……

可惡…

魚在哪裡??

不給魚就搗蛋!!! 我要把這池塘拆了——

浣熊的復仇總是讓我的池塘卡骨髒卡得特別快，然而，另一方面……

我們的幫浦不知換過多少個了，總是每隔一陣子，就是會突然不抽壞掉了。每次去買幫浦時更是痛苦，明明就不想買中國製，但是不買中國製也就沒得買了！全部都是中國製！就算是外國品牌也是在中國製造！

不過，我最後一次買到的幫浦是台灣製的！也不知道為什麼那家店突然進了台灣製的幫浦，而且店裡還有個明顯特別張貼寫著台灣製！這個幫浦，一直用到現在池塘都收起了也沒壞呢···不過，真是來得太晚的幫浦···

如果是這樣，那我們也只好把池塘填起來…… 補洞根本不可能吧？……

我夢想了二年！

神奇 大 自然

我不是在做夢吧？ 英文突然嘸嘸吼？還是他說了台語？？？

其實，根據我掌手漁業多年的判斷，池塘應該沒漏水，只是這一兩ケ星期以來天氣太乾，加上浣熊夜夜下水狂歡，水位自然就低了！但是，多年清池塘、修換抽水馬達的辛苦，再差一步就要平反了，誰要誠實呢！！

等你從台灣回來，我們就來填池塘吧……

都可年？

一起舉行惜別會……

這几天快偷去池底執鑰十……

沒問題！！

神奇 大 自然

浣熊長得有點呆笨的樣子，可是他們其實可厲害了，能爬爬前進垂直九十度的樹幹！這一點連貓也做不到！可是浣熊其實體型比貓大一些呢。

含蓄一驚。

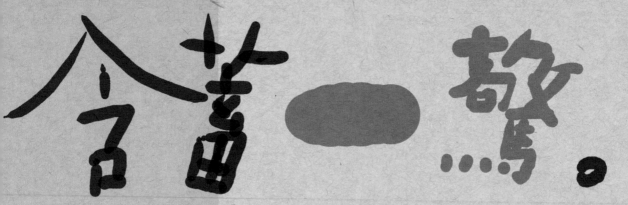

過年前，為了能夠榮譽歸國、光宗耀祖，我拚老命地趕著書稿，到最後一星期，已經完全進化成不食人間煙火的仙子……

7AM ～ 12AM 營業 17H

這不是仙子！是鬼吧！！！

大過年的！當然要說美啦！

現在想起來，当時在過什麼樣的日子，竟然不太有記憶！大概人總是会自动把太痛苦的過去遺忘吧！這裏有机会再請教心理医生了。我只知道，当我清醒過來、回到人間時，我竟然好像長了痔瘡！？

這次的事件確實證明不是長痔瘡，但是當時還真是把我嚇壞了！因爲有人說，痔瘡一旦長出就不會退去，只能控制它惡化或是手術割除。怎麼說‧‧‧我覺得動手術實在是很麻煩，而且，一想到是在外國割痣瘡，我覺得實在是有點不好意思哪‧‧‧。

我是不是被外星人綁架了!? 一定的！

那种東西怎有可能長在我身上!?!? 不可能呀

← 連這个名詞都不想提…

我…我还是个花樣少婦呀！

藍肯蓮!!

以前有个廣告說，『痔瘡不只男人有，女人總是比較含蓄，你要關心她』……，所以，就讓我們稱它為「含蓄」吧！（一直寫痔瘡，我受不了這打擊！）

我的菊花好像開得不太好，你幫我看之吧！

你要關心她呀～

好哪有含蓄呀！？

我又不是醫生！！也不是園丁……

其實，我也不知道它究竟是不是含蓄？它不痛不癢不流血，只不過生長的位置很敏感，除此之外，並沒有含蓄該有的狀況，但因為我長時間「壓花」，所以當然直覺它可能是含蓄…

↓
坐在椅子上。

猜對了！…恭喜你～

請問願不願意

前進？五百萬獎金…猜下一題嗎

挑戰者

旋轉舞台

STOP！！

STOP it！！

不要再胡亂想了！！！

恭禧發財嗎？…

不過，我有點好奇···
記得以前上健康教育課時，老師彷彿有說過，「把痔瘡推進去」這類的話。推進去？？？怎麼推啊？推到哪兒啊？？？這聽起來不是太神奇了嗎？
還有，又說痔瘡會流血，那若是在外不小心流血了怎麼辦？看起來不會像是月經外漏嗎？？？他們用不用衛生棉之類的啊？？？

真是一大堆問號···

我也不是不願去看医生，只是当時回台在即，我才剛趕完書稿，实在还有很多事待做、待准備…

結果，那个疑似含蓄的東西竟然隨著時間愈來愈小，三天後，它神秘地來、也神秘地消失了…

祝大家 身体健康！

經常會發現，當我說到台灣時，其實我也只是以台北為主要背景，雖然我不是要有所謂的「台北觀點」的不正確，只不過台北是我生長的地方，我自然說到台灣就是說到我的故鄉，我比較知道的背景地。

有時阿烈得會說「台灣沒有房子」（註：外國人的房子和公寓和社區住宅分得很清楚，當說到「房子」時，指的就是沒有和別人連在一起，那種獨戶獨棟的房子。），我竟然都不會想起要糾正他！台灣當然有房子啊！只有擁擠的台北或大城市才罕見而已！可是我總是還是用台北為主要背景地觀想台灣！這真是個應該努力改正過來的壞毛病。

今年回台灣我終於去了世界最高的建築－TAIPEI 101

什麼!? 要400元! 我不去了!

以前不是350?

我請客, 妳給我上去……都已經來了, 妳還不上去……

一家人都小氣, 究竟遺傳到誰?

母

一張成人, 一張優待票, 我是30年次

為了省50元, 謊報年紀!

小氣? 不就遺傳到妳嗎?!

結果票買好了, 看到大排長隊的人龍（已購票, 等著搭電梯的人們），我又開始搶下「金女孝不孝獎」！

看! 我就和你說不要上去了嘛

等一下而已, 等啦!

我兒很孝順啊, 还出錢常找我

三

大王告訴我，他前幾天意外地被困在公司的電梯裡（才不過四層樓的建築罷了）！驚慌中按了緊急通話鈴竟然也沒人回應！後來也不知怎麼地，電梯又自己動起來，他才脫困。

這個意外突然讓他想起，他從來不知道他那棟辦公室建築物的樓梯在哪裡？他心想應該平常也可以爬樓梯的，可是他竟然沒有樓梯身影的記憶。

隔天上班時，他認真去找樓梯，終於讓他發現不搭電梯進入辦公室的路線。

又隔幾天，我去大王的公司找他，當我把車子停在訪客停車區時，赫然發現大王的車也停在那裡，而不是停在員工的停車場，然後我一看，他停車的地方正好面對一道樓梯，所以我立刻想到這樓梯應該是通到辦公室的路徑，要不然大王的車不會無故停在那裡，我順著樓梯前去，果然找到大王的辦公室。

說真的，連我去了大王公司那麼多次，而且每次都停在訪客停車場，也從來沒注意到那裡有一道樓梯走道！

更糟糕的是，由下往上看的101，还非常清晰動人，但，從上面往下看，就是另外一ケ神秘時空了！

不要說遠景看不到，連近处的地面都看不清，連自己身在什麼地方也沒有一点暗示！名偵探苦難也只能從商店裡的商品知道這是台北101！

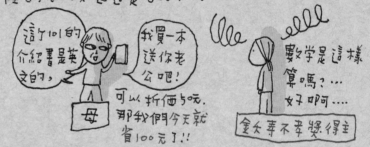

結果，101最令我讚嘆的，就又有那ケ世界最快的电梯而已，從下往上到89楼，竟然只要30几秒！真是天下最沒耐心的人也要為它讚嘆2分鐘!!

下樓後，我實在超級想警告大家別上去的！因為樓上還是一片白霧，什麼也看不到。但是，那條人龍都是已經付了錢買票的，現在才警告也太遲了⋯⋯我只能說，101也太狠了！竟然這樣的天候也敢繼續賣票！！！

什麼嘛！！印象影片總以竹子來結合101形象！其實它的真正造型是「財高八斗」

難怪！！！天候不佳依然吸金！！！可惡！

送大王的書搶先看。

善意提醒：去101之前，請確定是ヶ萬里無雲的好天氣！因為即便沒下雨，從下往上看都清晰，上樓後，仍有可能什麼東西都看不見！！〈BY金××××獎得〉

妳這次終於參觀了101嗎？怎樣？很棒嗎？什麼感覺？？

礼物↗

就是，很想哭吧⋯
簡單說

三義礼物（腳底按摩木屐）

世界第一高耶，我能了解⋯
感動吧！自己國家的驕傲⋯⋯

年  後 憂鬱症

就像上班族最不喜欢星期一一樣，這些年来我也發現，在台灣過完快樂年回美國，我会有一種「年後憂鬱症」。而且靠著莫名其妙的亂買，來自安慰自己的心靈！ --- 桃園机場 ---

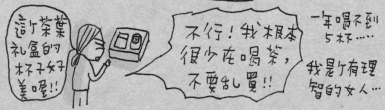

我成功地說服自己，兩手空空地登机，遠離台灣這个誘惑人的快樂天堂！事情如果就此結束就好了……

回到美國後，我的年後憂鬱症正式爆發！那个没買的茶禮盒成為我的夢魘……

我几乎葛遍台灣、甚至美國的網站，就是找不到那ケ
我認為美麗的茶杯，而且，在這ケ沒天沒夜的過程
中，我还順便買了一ケ小鳥造型的擠檸檬器，一ケ
荷葉造型的茶點盤，一ケ繪有小魚的濾茶網，好
像大導演把所有配角都找齊了，專心⊙等待主角
現身……

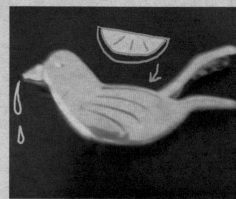

不行！
找不到那
ケ杯子…

但我沒有退路了

我該怎麼辦？……
新X陽網站也沒賣！
很有可能那茶禮盒
只賣給机場旅客！！

[註] 該礼盒是在新X陽看到的

講到這裡，逐漸要變成 驚悚片了，電影中那些變
態的情迷者，不是都会偷々變成 自己情夫的太太 的
好朋友嗎？我也在網路上找了一ケ在机場上班
的人，去信希望对方能幫我買……

但是信被
退回了…

和電影演
的怎麼不一樣……

一那是一

当然一

妳快
吃藥啦

擠檸檬小鳥、荷葉茶點盤、小魚濾茶網都買了，
怎能叫我打退堂鼓呢？！

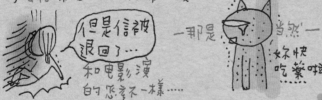

擠檸
檬？！
妳喝
紅茶嗎

那茶杯是
綠茶用…

那妳買擠檸
檬的做啥？

……

只是它和
我的茶杯
放在一起，
应該很好
看而已…

我还打电話去新X陽公司問，果然対方證實該礼盒只有机場門市有在賣⋯⋯

長年住在國外，已經有太多事麻煩家人了，而且，我也没有那个膽叫弟弟去跑腿，那种基碼的羞耻心我也尚有，不用算命也知道，他不但不会去幫我買，还会聯合媽々姊々來罵我一頓⋯⋯

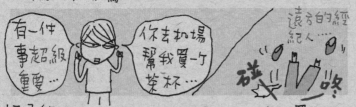

有一件事超級重要⋯

你去机場幫我買一个茶杯⋯

碰！咚

遠方的經紀人⋯⋯

杯子終於在經紀人的 机場巴士一日遊下買到了，我不敢問他的心路歷程，我怕我会太難過而哭出來⋯⋯ 就讓我們不要問彼此 為什麼吧⋯

經紀人拍攝的照片

好美喔～
趕快寄給我⋯

最後，我还在伊貝買了一个熱水保温瓶！一副非常 ready 要喝茶的齊全配備！但是我还是要再次重覆，我是喝咖啡的人，一年喝不超過五杯的茶⋯⋯

机場的飛机好看嗎？⋯

很贊⋯

經紀人

我現在又回復到自己經營的狀態了，也就是說，我不再有經紀人了。

回想起來，我的經紀人也真是幫我做了不少公事以外的私人雜事，他也真是算倒霉了。我們解除合作後，因為有些稅務還有些小問題未解決，他還特別去我娘家跑一趟，連我媽見到他都嚇一跳，這個男生怎麼皮膚白嫩成那樣，好得不得了！偏偏他這樣一個形象又有個非常威武的名字，人和名其實不太能讓人聯想在一起

我還是要謝謝他這幾年幫我處理不少事，尤其是買這個杯子，我當初正著魔時，其實是叫他坐計程車去機場買的，計程車資我願意支付，可是聽說他還是搭客運去了，真是個好青年。

但是這個杯子本身還有後續，我接續在下一回的邊頁上談。

杯傷

（接續上回的濾茶杯邊頁話題）

後續就是我收到杯子以後，裡面有一張該公司（茶杯是日本一家公司「東洋陶瓷」做的）的ＤＭ，我看到更多不同花色的杯子（主要是那個濾杯，外杯一律都是透明玻璃杯），其中又有一個花色我愛得不得了，我心想，萬一我有朋友來，我自己用著美麗的茶杯喝茶，朋友卻只能隨便，那也不是太理想！（正在為自己再次買杯找藉口吧・・・請再接下頁邊頁）

上回，我說了自己媲美英國王妃卡蜜拉快遞一雙鞋的千里買杯故事，我真的打從心底認為一切該結束了，結尾高潮畢竟也完整無缺！…… 結果，竟發展了李昌鈺博士也難以預料的案外案！——一个在英國的讀者來信，告訴我她在英國買了一樣的杯子，还附上了網站連結。我連結過去，果然見到我愛杯流落在它國的兄弟姊妹——不但正是該杯子，而且原來它还有其它花色：

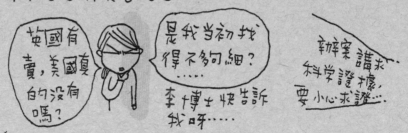

英國有賣，美國真的沒有嗎？

是我当初找得不夠細？…… 李博士快告訴我呀……

辦案 講求科学證據，要小心求證……

結果我利用了該網站形容茶杯的一些關鍵字來蒐尋，雖然確定美國沒有這种杯子，但卻又不小心輕轉連結到一些有創意的杯子網頁！

向來知道日本人英文不是太好，對方網站也只有日文版，而且我又只想買「一個」杯子，又不是大量採購，我總覺得直接向該公司購買，對方應該不會理我。可是我這個人的偏執痴狂心哪是那麼容易退卻的呢！

首先，我因為不好意思只向該公司表明只要買一個，所以我在美國依貝上找了一個日本賣家，他當然沒有在賣那個茶杯，可是我寫信問他願不願意幫我代購？度日如年等了「半天」沒有回音，我那性急的心已經等不下去了，所以又厚顏地直接寫信去東洋陶瓷公司問對方我是否能只買一個杯子，而且要寄送到美國。

沒想到，隔天我同時都收到東洋陶瓷以及依貝日本賣家的回信，東洋陶瓷說ＯＫ，依貝日本賣家也說ＯＫ，這麼雙雙順利反而把我嚇壞了！由於東洋陶瓷是第一手賣者，所以我

http://www.cb2.com首頁，
用 beaker juice glass(該杯名稱)查詢。

玻璃製的
透明塑膠杯

哇！這个太
酷了，要買!!

有了透明的，
當然不能少
白色的！剛
好配一組！

買!!

陶瓷做的白色
塑膠杯（輕過）

http://clio-home.com/
或是利用搜尋引擎用 Crinkle Cup 或 crumpled cup 來找。

有了塑膠，當然
不能少紙杯!!

買～

WE ARE HAPPY TO SERVE YOU

陶瓷做的紐約某
家餐廳復刻紙杯。

http://www.velocityartanddesign.com/
或請用 new york coffee cup 或 greek cup 搜尋
注意！此杯的原紙杯也還繼續在美國賣，所以要特別注意是否是 ceramic(陶瓷)做的！
不要不小心買到紙杯。

我就這樣把免洗餐杯都買齊了,卡蜜拉有知,她也會會讚美我一句 淋·漓·盡·致·吧!!
但,萬一記得要拖棚,已經是我國國民必具備 的常識了,怎能如此就爽倒地完結篇!!

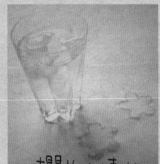

這一ケ不買 我一生都 会失眠…
原諒我, 一故 鄉的人 啊…
罪惡感 大石

櫻花水漬杯 http://charlesandmarie.com/
或用 Sakurasaku 來搜尋。

我,莫明奇妙買了一堆杯子,自己都不知道是要幹麻?開博物館好,还是開餐廳好?郭台名也不給意見……倒是故鄉的媽ˇ有意見了……

妳去年要 補繳一些 稅喔…
有沒聽 到了?
世上只有媽 媽好♪有媽 的孩子…
←罪惡大石

這樣一來,買杯的詛咒已經解開了…我的手也決定閉關休息了,除了感謝老天爺、感謝媽ˇ,也感謝多位幕後人員的幫忙…就讓我們用這些杯子來喝殺青酒吧!辛苦了……

急急忙忙回信給依貝日本賣家認真道歉一番(畢竟日本人在這件無聊的我買杯的事件中,實在有誠意啊)!然後正式向東洋陶瓷匯款買了一個杯子,下圖就是我這次買的新花色:

http://www.toucera.co.jp/index.html

如今想來我真是個無聊女子,怎麼說呢?我覺得當我真的很著魔一件事時,那種接近無恥的爆發行動力不但驚人,而且有點莫名其妙啊···但我真感謝這兩位日本人的誠意!遙祝你們生意興隆!

完

梳子。

關於我對抗頭皮濕疹，又是另一個故事了。

以前貓咪感冒生病時要餵藥，動物醫院有給我一種針筒（無針頭）以方便餵食，也不知怎麼地，我當時並沒有把這些針筒丟掉，我因為有DIY習慣，所以平日也是會收集一些有的沒有的垃圾，這些針筒大概就是這樣的心態而留下來的，當然，有經過洗碗機洗過熱烘過。

所以我在頭皮抹油時，並不是草率地就把油倒滿頭！也不是一頭浸到油盆裡去！而是經過這些針筒吸取，平均地射出一點一點於頭皮頭髮間，然後再按摩推勻，最後再戴上浴帽悶個一小時，最後才洗去這些油，這是很精緻的一連串技術動作。而且每次這樣做完之後，那些脫皮或皮屑就能消失個無影無蹤幾天！

正當西雅圖又到了櫻花季節，我也趕流行，來了個櫻花頭……

你的頭是怎麼回事！
櫻花瓣啦
少來了，是頭皮屑！！！

是！是頭皮屑！我能怎麼樣，它每年春天就要發作一次！！

各种口味的海倫姊妹我都試過了，上次回台还未雨綢繆地買了肉桂洗髮精，可是，我的頭就是要和櫻花季共唱和，当K歌情人，我又有何辦法？

我說妳…
乾妹妹…

要不要用沙拉油試々？

沙拉油！？你瘋了！！！

HAHAHA

就這樣，沙拉油我也用了，頭皮它还是要繼續脫皮，突然之間，我也自閉了起來…

這几天，乳液也拚命塗抹了，但，只要稍微一乾，頭屑又繼續開花飄零，真是一点也不輸屋外的櫻花！所以我又買了个可以隨身攜帶的加濕器，準備和它好好抗戰一番！

但我並不是常常有空這樣躲起來油壓指壓（這種蠢樣子當然一定要確定是獨處時，並且有足夠時間才會做，不能輕易讓別人看去的！），所以，我另外還是有一直在試各種洗髮精。

話說，有一次我買了一種藥用洗髮精，號稱能治各種癬症疹症，它還額外有個紙盒外包裝呢！紙盒上還印有兩張實例照片，第一張是個女士明顯地有癬疹，並且癬疹已延伸到脖子上了，第二張是女士使用後，那些癬疹完全消失了。大概就是這麼強的說服力讓我毫不猶豫地買下。

這洗髮精用了一次就把我嚇壞了！洗完頭之後不但皮屑沒有退去，還好像瘋了似地加倍浮現，嚇得我立刻接著做油壓指壓！把我的頭皮救回來！從此這罐洗髮精打入冷宮。

大概就是因為再也沒用過它，日子久了也遺忘了，尤其當初那個紙盒額外包裝，一買回家就把紙盒丟了，誰還會記得它原來有個紙盒，而紙盒又長得什麼樣子呢！所以，前幾天我去買

昨天晚上我又乳液+保濕地大作戰一場，今天還是又見到櫻花飄風→我沒去抓頭、頭也不癢，就是不停地脫皮再脫皮！……

吸塵器！

老娘和你拚了！！

結果，吸塵器可真是好用！在梳子梳一萬次還會櫻花越飄風越多的情況下，我幾乎已將梳子視為禁用品，沒想到一管吸塵器卻大大解決了我的苦惱！它可前塵舊夢一併吸得乾々淨淨！

原來～

它才是我的梳子啊！！！

相認！

↑什麼東西！！

太誇張！！

⚠注意！我的吸塵器有長管子，一般人請勿用無接管吸塵器吸頭，以免頭髮絞進馬達裡！！！

洗髮精，又看到那張女士見證圖，又再次被那張圖片說服，又買了同一瓶洗髮精，又再次被突然增生的頭屑嚇壞接著油壓，這才想起，我根本就是買過這瓶洗髮精！趕快去冷宮對照～果然不假，就是一模一樣的同一瓶！

不過，這次我沒把它打入冷宮了，因為我百思不解，照片中那個女士的情況比我嚴重一百倍，為何她能洗得好我不行？而且我信任了它兩次，千挑萬選選中它兩次，它怎麼可能會每次洗過後都頭屑更嚴重？實在不合常理啊！我開始懷疑，或許狀況轉嚴重反而是有療效？我至少應該用它五次後再決定、再給星星！

果然幾天後，我證實我的懷疑是對的！第一次用真的會讓頭屑脫皮等全部浮出來，看起來好像更嚴重，可是接下去洗，它的狀況就會一次一次改進，好像就是把這些皮屑全部吸出，然後一一慢慢散去。最近我的頭皮用手指穿進去，都不再會摸到突出的皮屑了，這真是重大的進步！我感謝我的懷疑，也感謝那位女士讓我選了她兩次···

前一陣子,因為在網路上買了不少東西,自然天天都予計要收到包裹....

我有買這件衣服嗎!?

!?

那是什麼???維它命嗎?

我是不是連夢遊都在上網亂買啊!?!

完蛋了!!...

如果是夢遊仍然亂買,我不但買錯尺吋(衣服),我还取了一个很無聊的筆名——艾蜜莉:

Emily Chan收...是誰呀???

難不成是我的內心「第二人格」!?...原來叫艾蜜莉嗎?

在美國,我喜歡用網路購物,最主要是因為美國環境背景和台灣不一樣,美國的血拼魔逛起來都好累,而且逛了半天累得半死,你卻不見得能找到你要買的東西!更有時候有一些東西要分別在幾家不同的商店採買時,每一個地點都要另外再開車過去,很是費時費力;相反地,台灣雖小,好處是商店開得往往很集中,比如說台北市的東區,各個百貨公司或商店都開得很是在同一個範圍中,雖然要大逛起來也是很累,可是,可以豐收回家...

我因為太習慣網購了，現在反而發現台灣的網購其實不夠發達，例如說，在美國我可以去ＴＡＲＧＥＴ（一家連鎖百貨）實體店裡買東西，但同時也能在他們的網站上購買，可是在台灣我如果想去Ｘ越買東西，我就只能實際去到他們的店裡買，而無法在他們的網站上進行網購，台灣很多服裝品牌是連自己的網站都沒有，更別提網購了。

不過，拍賣網站、網路書店倒是都一樣發達就是。

但我這樣說其實不是嫌台灣不好，只是異鄉遊子若想買家鄉的東西，目前好像除了圖書類能方便自行買之外，其它都有困難‧‧‧

但是冷靜下來再仔細一看，那根本不是我家的包裹，雖然地址似乎很相似，但事實上是隔壁一條路」！

當然，我會這麼好心，也是希望萬一新上任的郵差繼續演糊里塗，把我的郵包送去別人家，別人也能好心把它還給我……種善因嘛！

艾蜜莉家……如果不是我家這一區路規劃得很奇怪，事實上這應該只要走路過到對面就到了！

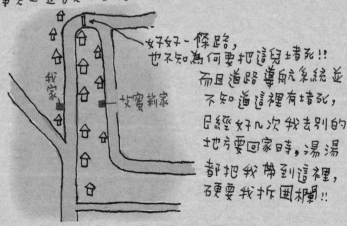

我家和艾蜜莉家看上面簡圖就知，明明近在咫尺，但事實上卻完全沒有交集‼所以我明知湯湯定會帶我去拆圍欄，我还是要帶著它一起出去出勤（業餘郵差）！

←死路

左轉，到底右轉…

車庫

我家

果然……
閉嘴‼就算妳要我去把路挖通，也要叫我帶工具吧⁉

結果東繞西轉下，艾蜜莉家竟也要開車10分鐘！從她家樹林間往下望，明明就可以看到我家的！

放在門口，應該ok吧？郵差都是這樣
沒人在家…

最後，小湯又再建議一次拆圍欄回家，但我實在不想再多增業餘嗜好了，這个工程，留給艾蜜莉对我報恩吧…

艾蜜莉

？

誰鳥妳？
我又沒叫妳送貨…

我實在太依賴湯湯了，依賴到我已經去過無數次的一位朋友家，沒有湯湯我還是不知如何走！湯湯對於像我這樣的路痴真是非常好用！

另外就有一件事我感到很奇怪，以前我不會開車時，看見載我的朋友或親人下次去到同一個地方，即使那個地方他也只去過一次，他總是能「因為是司機所以記得怎麼走」，我一直以為我自己開車後也應該「自動有」這個本事，哪知這根本和當不當司機無關，不記得就是不記得啊！我對於別人能一邊開車一邊認路（還能一邊和你聊天呢）感到不可思議！對我來說路上要注意的事情實在很多了，哪能記得那麼清楚啊！我連開車時手機響都會慌張呢！除非剛好遇上等紅燈，不然我一定不會去接，而就算是等紅燈，我也是接起來立刻急說「我現在在開車」然後就掛斷。

掛上我電話‼

路上是有熊喔？？？

花盆

几年前我和大王在夏威夷買的植物（雞蛋花）已經愈長愈高了，以致原來的花盆几乎站不稳……

夏威夷的雞蛋花是長這樣的···

← 來自夏威夷，所以養在室内。

該換一个花盆了！太可憐了…

但是我不要塑膠花盆喔!

不用塑膠的，怎才搬得动!!

太重了!!

或許大家会覺得奇怪，我們為何要搬動它？其實我們平常也不会去搬它，它一直是放在大窗户之前盡情吸取陽光，但，每年我們總要搬動兩次，聖誕節時，它要讓位給聖誕樹；我們暑假去歐洲時，它要移到陽光較少的地方，以免没人焦水而枯死!〈花盆下还得加裝大型接水盤，讓它一日勺慢慢吸…)

越長越大了，它現在已經很難挪得動了，需要兩人合力小碎車步移動。所以如果要換大花盆，我根本不考慮陶瓷的！太重了！

塑膠的醜死了！

我才不要!! 沒質感!!

沒在逛街的人給我住嘴!! 你知不知道現在塑膠假裝瓷器或石頭假得多真!!

我對妳太失望了!!

妳怎麼那麼愛用假的東西? 以前就買假聖誕樹……

←噫，不忘。

總之，我也懶得吵，如果大王要買真的，那就去買吧！我最後決定成全他，大不了，到時要搬植物時，他自己再去僱用苦力來搬！

去逛花盆店

一不動如山一

買假的

下！連花盆都搬不了，更別說整叢植物了…

暗喜

米曹!! 忍不住要讚美我的智慧!!

半小時後

買這種!

你在給我裝肖偉!! 是誰一開始堅持不用塑膠花盆!?

←最沒質感的塑膠盆，一个20元。〈美金〉

←義大利製，塑膠仿水泥盆，一个80元美金。

現在的假水泥或假石頭花盆假得真是很真實！
我經常有在注意商品，所以我知道，但是大王不知道。因此第一次我向他提及「塑膠仿製」，他直覺就想到那種看起來很廉價的塑膠品，怎樣也不苟同（東西都還沒看到就說不，也太不在意現代人的天份了）！
然後去了商店，他看到我所說的「塑膠仿製」石頭花盆簡直嘖嘖稱奇！還沒去觸摸前他一直不敢相信那些是塑膠做的，一直到摸到並舉起後，才終於降服。只是價錢真是比真的還不輸！如果不是因為真的實在太重，花那個錢他是一定不會想買假的。

也是因為被價錢氣得他最後想買廉價塑膠花盆，我雖很佩服現在仿造的功夫，可是感覺很多東西都實在太貴了！比如說假皮毛不是應該比真的便宜嗎？至少為了鼓勵人們多用假皮毛取代真的，定價也該便宜一些吧，可是很多假的還是比真的還貴呢。

其實我們兩人都很呷意義大利做的仿水泥塑膠花盆,但是大王覺得太貴了,堅持下週再去一家廣告打很兇的½ 價格盆店看,我也沒異議……

隔週

中國製仿水泥花盆 →

這ㄍ好!雖然是中國製的,但價格老說比較實在…

多少錢?

同意,比起沒質感的塑膠盆,我也寧願接受中國製

我查看看價錢…

那一ㄍ是78美元….

…喂!?…

謝了再聯絡!我們兩人是瘋子…!

夫妻終於同心!賀!!

最後我們還是回頭去買了義大利製的花盆,完全不再有爭吵!而且我們還又看到不同款式但更美的另一ㄍ….

是誰好會選買了這麼優質的花盆?

又輕又美…還義大利製…

你一生最會選的是選對老婆…

結果換花盆後沒多久,這個花盆當初覺得夠大現在又已經太小了!

夏威夷這盆雞蛋花好像瘋了一樣拼命抽高,現在已經有一層樓高了,我很苦惱苦惱‧‧‧很想不要種了,因為開花時也欣賞不到(太高了,只有天空看得見),而且螞蟻很喜歡跑進花盆的土裡!

八千里路

每到四月,就是我忙碌的時期,要準備兩國的報稅,我的車子的貼紙要更新,而且今年更麻煩一些,要去檢車查排氣,剛好我駕照今年也正好到期,要重辦,連信用卡也湊熱鬧,今年啊換新卡!(這本來也沒什麼,但我要跨國寄卡、增加風險)

不是信用卡公司會幫我跨國寄卡,而是請我家人再轉寄給我。

好煩呀～

雜事怎麼這麼多呀～

我的頭殼紛紛痛……

媽～!我不要吃魚口味的罐頭…妳偏心啦啦!

不吃魚的貓.

媽～!我要吃青菜呀!!你為何沒準備!?

因為犧牲MANY給你吃魚了!

除了拖稿之外，我基本上不是太喜歡把事情拖著。也不是我那麼勤快，只是我在交換日記十一有提過，不趕快解決一件事，我會像唸咒語一樣一直在心中唸記著，那會使我感覺更神經衰弱，所以如果事情早做完，我也能早一刻丟棄記掛這件事。寫稿子不同，作家的天命是寫稿，腦子裡無時無刻也在想著寫作的事，沒有所謂休息時間，因此一直想著創作相關的事是正常的，因為創作永遠沒有完成、解決的一天。所以，稿子會拖，生活小事情卻不會拖・・・

我的汽車貼紙本是可以拖到四月底，但是大王四月底要去歐洲看孩子，我這次雖然也沒有要跟，但是總是希望能在他去之前辦好，這樣獨留西雅圖的我，萬一須要逃命，也可以100%無後顧之憂地跑路！

當我們在等待的隊伍中時，我看見的畫面是這樣的：

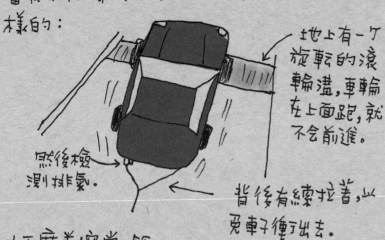

地上有一ケ旋轉的滾輪溝，車輪在上面跑，就不会前進。

然後檢測排氣。

背後有繼拉著，以免車子衝了出去。

大王磨拳擦掌，等不及要去「玩」！我也有点期待，畢竟從來沒試過！好不容易，一輛一輛前移，終於輪到我們了……

5年只開了5千英里？

我排這麼久，竟然不能玩嗎!?

不用檢了，你們過関了…

八卦…你們住在美國嗎?!……

哇我們的輪胎對得這麼完美呀!!

就這樣，失望中 ONE done, 100 To go……
（一件事完成了，还有100件要処理……）

我並不是無故硬要大王陪著我去檢查排氣，只是過往我有陪他去看過那種場面，我一直很擔心、也搞不清那個地上的車胎轉動處是怎麼一回事？我很怕當我被要求踩油門時，我的車會衝出去把人撞傷云云‧‧‧

但這次有細看清楚了！所以畫得出來‧‧‧剩下的問題只是，下次我自己去時，不知輪胎會不會對得準？不要覺得我這樣說很誇張，我到現在還不會路邊停車呢！（所以找停車位，我一定會加倍努力花時間找那種不是路邊停車的）

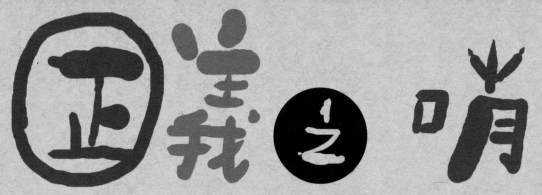

正義之肖

我想我終於確認住在美國，最令人討厭的事的排行榜第一名了！——推銷員。

啪—啪—啪—

吃飯皇帝大時間

那是什麼聲音？有人在拍門嗎？

还是去看々吧！萬一是小偷要破門而入就大條了……

果不出所料，又是推銷員！因為我的門鈴旁正貼著一个「謝絕推銷」的小牌子，他們乾脆就也不按鈴了，直接打門！

嘿！你沒看見…
↑
話都还沒說完！

什麼月光石呀？根本就是撿邁路上的石了！

這位太太謝々你，這是月光石，免費送給你！

我們还要免費幫妳清潔地板！！……

這主講人後面还站了一个年輕白人，不但打擾了我吃午飯時間、裝瞎、还不讓我插一句話就和我約「十分鐘後再会」！

本來我想，他們十分鐘後若再來，我就裝聾，管他們在外面叫破喉嚨、打破掌，我也不理会。可是！很俗辣的我，也同時又起一念，怕我這种態度会惹來「報復」行為！

他們看起來也很像小混～呢！萬一乞求不成，拿出槍來射殺我，更躲在暗處等我老公回來，幹一个滅門血案，可怎麼辦？……

飯雖照吃，可是我真的很煩惱!!

就在吃飯這短～的几分鐘時間，我從一開始的煩惱逐漸轉為盛怒！本來还想，他們再回來後我要如何如何找藉口打發他們走，但到最後，我決定要自己主動殺出去了！帶著我的哨子……

就算中槍了，我可以吹哨子!!

要不要帶一把刀？

算了！真的帶了刀，很難控制批況

就用正義之哨子和你拚了！

確實有一陣子我決定，除了中午左右（因爲郵差大多是中午來的）的時間之外，其它時間的門鈴或敲門，我都不予理會。

才這樣暗暗決定沒多久之後，就發生了一件事。

某一天下午大約四五點，我先聽到屋外有「一個人」下樓的走路聲，然後門鈴聲響，但我那時已決定不予理會，所以也沒去應門，隨後聽到那個人上樓離去的走路聲，但是，接下來半分鐘之內接著聽見「一群人」下樓的走路聲！我很好奇究竟是怎樣？還沒走到大門去看，就已經在屋角轉角的窗戶看見三個小夥子（大約十幾歲）正在我家庭院閒逛了！他們還沒看見我呢！由於那個窗是無法打開的，所以我也只能從屋內敲打玻璃引起他們注意，我大聲吼問：
你們在這裡幹什麼？

三個人明顯是吃了一驚，立刻往回跑，我跟著追上大門處，只聽見其中一個人慌忙地說了個ＳＯＲＲＹ，但是大家仍是一刻沒停腳地跑走了，沒人和我解釋私闖庭院是怎樣？（往庭院處也是有一道閘門的，並非是無阻走道。）

我至今仍不知他們是想怎樣，不過顯然地，第一次的門鈴聲是想看看這房子有無人在家，因爲沒人回應，所以按鈴者才夥同通知其餘兩人一起下樓。

結論就是，裝做沒人在家也不是個好方法。

帶了哨子出門後,我四處張望尋找那兩個人的身影,都打算放棄時,視線終於出現一輛向我駛來的休旅車……

←結果車上有三人!!

久等了,我們立刻下去幫你清地…

STOP!
不要在這停車

不必了!!我從來沒說YES!後座那先生在場,你自己問他!

你如果要月光石,就在路邊,還給你們!!

之前的主講人並不在車上,而車上多出兩位陌生臉孔,也沒有一個看起來是和善型的,但是,這一刻老娘的面孔恐怕更難看!!多年來的推銷員之怒,在這一刻已經再也不想隱忍了!

不就是不!聽不懂英文嗎?!如果我剛沒机會說,我現在特地親自出來說,不夠清楚嗎?!不夠有誠意嗎?!

OK!OK…謝…

她有哨子吧…不會褲腰有插一把槍吧?…

終於,光明正大戰勝一回合!!以後我也決定不再苟且,哨子今後是隨身基本配備!來吧!推銷員!!!

俗話說:
狗急跳牆。

平時我真的可以說是個俗辣,我對戰前來的推銷員都是處於弱勢狀態,也不敢不客氣,經常很多時候「不」也說不太出來,頂多只能壓抑自己千萬不要說出 YES 或 OK。

但是這一組人馬真的是讓我氣到了。首先,本人還是抱著「吃飯皇帝大」的規則在生活,他們打擾了我吃飯的時間及心情,就讓我很不快樂了;其次,我最討厭別人侵犯我的自由意志,如果推銷員像這樣絕對強迫中獎的,也絕對會挑起我的戰鬥力。兩者加起來就是會讓我從俗辣變成戰士,從「守」變成「攻」,而且是很主動積極地去攻。

這就是狗急跳牆吧。

馬桶生病記

正當我忙著清理二位貓大人的廁所時，生意可真好！……

快來來！
我的廁所出問題了！！

排隊好子嗎？！
沒看見我在忙嗎？！？

當我終於清好貓廁，去看人廁時，世界上最受歡迎的廁所大王（我）也嚇一跳！……

你到底做了什麼呀！？

所以我才要插隊呀！

後來發現可以的！
樓下的馬桶堵住了，
並不影響樓上的馬桶
的暢通，顯然管線不
是共用同一管。 ——>

我家是有三个廁所，本來堵住一个也沒啥大不了的，問題是，三个馬桶管路一線，堵住的正好是在最低層的那个，這个堵住了，其它的还能通嗎？而且，

就在前幾天閒聊時，大王說：

「我不喜歡家裡不整齊，一個場所不整齊我很難待得下去，工作室不整潔我工作做不下去‧‧‧」

我心裡想：拜託喔！關於我們家的整潔你是付出過什麼心力了？

但是我沒這樣回答，我只說：「你的辦公室（微軟公司的）也沒多整齊啊！空可樂瓶堆得滿桌都是。」

他回說他不在乎公司的環境，他在乎的是家裡的。
其實他是暗示希望我幫他把他的書房清一清，可是我也在忙我的工作，我覺得沒有必要這麼不平等，凡事都以他為中心。他看我沒動作，最後只好向我要了抹布清潔劑，自己上去清理自己的書房。

沒多久他清好了，還吸了塵呢，竟跑來說：
「我的書房（還沒掃之前）其實比家裡其它地方都乾淨！」

也不管管路裡面还有多少紙塞著，眼前最重要的，至少要把眼睛看得見的紙，打撈出來！

為什麼有馬桶刷的毛!?

這表示…我也有試圖清理呀…

你到底塞了多少異物!?

塑膠毛總比米田共好吧？……

不要再不滿了…

等紙都清完，然後，我們再來一沖，希望馬桶因此能通了，結果……

大吐 又吐！

女乃…要不要用身上的烈火去把它烤乾?…

考慮一下……

馬桶沒通之前，誰都不准再上廁所了…尤其是你…

忍了一晚，次日一早我們便衝去商店買了強力通水管的器具（附空氣彈那種），打了兩發才把馬桶打通!!我從此就要幸福快樂了嗎？不。這个天，空氣中總飄散著異香…

我真的很想請他每次抱怨之前先搞清楚狀況！不要把我說得像個不顧先生死活的自私鬼！其實我平常清他的環境總是比較更用心些，但他根本什麼都不知道就要嘮叨！

然後隔天下午，他走到窗戶前要把窗戶打開，意外發現窗戶已經是開著的，他說：
「真令人訝異啊！你竟然會主動把窗戶打開！」

我回說我不喜歡聽他抱怨，所以寧願在他抱怨之前自己先把事情做好（用他偏愛的方式，才叫把事情做好）。他竟說：
「那我要開始抱怨，你太早把事情做好。」

我說「我想踢你屁股」。

來呀—
來呀—

夜驚魂

昨天，我才去机場把大王接回家，所以我已事實上偷々渡過一星期的驚魂獨居夜！

雖然大家也知道,這並非我第一次獨守西雅圖,可是狀況还真是年年不同！先是去年秋冬因為要運鋼琴入屋,「天然的樹叢圍籬」已經剪出一个大洞,那條琴路至今还没重新長出來；其次,我隔壁鄰居(另一辺没鄰居,是一片没蓋屋的樹叢空地)正好在這一陣子賣屋,人早已搬走,屋子卻还没賣出,所以我今年筹於没有任何鄰人可以偎偉偷依！

> 雖然備有哨子,可是,没有任何鄰居來聽呀……

沒有鄰居可依也就算了！我覺得正在賣屋的空屋,很有可能更拖累我！因為據説有很多歹徒專愛偷闖出售中的無人屋,萬一偷完隔壁心一横,再來我家

鄰居的房子賣了一年多,終於賣出去了！

大王說他不喜歡新鄰居,我問他為什麼？又還沒認識人家,怎麼那麼快就說不喜歡？他回答,因為新鄰居太勤勞了,每天都在庭院戶外做工程,然後靜了幾秒,他近乎咆哭地說:「現在我是整條街最懶的一個了！我們家是整條街最糟最亂的一戶了！」

我實在差點爆笑出來(但是不可以,會為自己惹來「不關心」的責罵)！我說「你也不要太在意別人怎麼想吧？」,但是大王也聽不怎麼進去,只不斷地說舊鄰居多好又多近人可親,我心想,真是怪了！我們根本也不認識舊鄰居啊！我們兩從來也沒和任何鄰居有什麼交情。

試手氣，我就完了！

回想過去...

呀阿！門被打破了！
可惡呀～
我的電視被搬走了！！！

FOR SALE

太王數年前賣屋的經歷...

所以我第一晚直接進入最糟的狀態！不但很累又睡不著，連書、電視都看不下去！！

剛才那是什麼聲音？？

打破玻璃的聲音嗎...

讀了二小時还在同一行打轉！！

到了第二晚，我決定，不能再如此下去了！我決定正面面對我的恐懼！！

怕什麼呢？
最糟的狀況不過一死而已...

死沒關係，但我怕壞人在我死之前折磨我...

如果現在我死了，...我準備好隨時可死嗎...？

好像还不行，等我把一些秘密燒掉才可以！現在太晚了，明天燒吧！燒完就安心了...

聖嚴法師的書。

我要有慈悲心！！
一个壞人就是有做壞事的黑暗需求，最好用最大的慈悲心去看待，不要只想到自己的恐懼和可憐...

道吾大師說「非不生不滅处，亦不求相見」，太棒了...太棒了...

但好想噴淚喔...

道吾大師這句話真是透徹
「非不生不滅處，亦不求相見」

總之就是不論在哪裡都不必非要相見，或是不見。能見就隨緣見，不能見也就隨無緣不見。心中不必有所求，也不必非要不求而拒。

我總覺得人是孤單的個體，無論血緣多親、感情多密，每個人終究是有自己的路要上，任何他人都無法永遠跟隨自己，我們也無法永遠跟隨某人，但這並不悲哀孤寂，因為我們的生命中永遠會遇上不同的人，並不是一直都只有自己一個人。

同時，我們的生命中有我們自己永遠跟隨自己，所以「和自己處得來」很重要，喜歡自己、接受自己也很重要，能獨處就能和任何人共處，因為自己才是那個真的會和自己過不去的人。

能獨處，能和自己相安，也就沒有非要遇上誰不可，或非要見誰不可，沒有非要再相聚重逢不可，也沒有非不要不可。

簡單地說就是隨遇而安。

在與世隔絕的無人島時，威爾森（一顆球）也能成為好朋友的，我們現在討厭誰，是因為我們有太多選擇、太可挑剔．

不愧我媽和我母女連心，在我未事先告知我即將移居西雅圖的情況下，她心有靈犀地在我老公離去前，給我寄來聖嚴法師的書。我看了半本，心神漸漸安定下來，終於可以入睡時，我聽到我家的貓發出奇怪的叫聲，無奈地決定張眼一瞧，沒想到，這一看竟是魂·飛·魄·散·

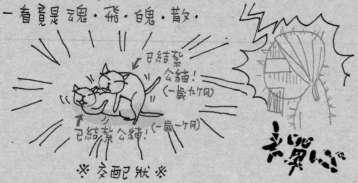

能不說這是一項考驗嗎？好不容易才把心安了下來，竟然下一刻就大破功了！！！這种經歷我懷疑有幾個人會遇得到？這下好了，神佛也無法解決我的大驚嚇了！而且接下來數夜，每天半夜兩點半我都要看到這惡夢再演一次……

誰敢說，這不是天下最恐怖的夜半驚魂？……

這樣的事情發生不只一次，還好MANY還算受教，阻止他幾次以後，他總是就不會再犯，因為他個性如此溫和乖巧聽話，我就不再在意他的不純潔…

當然，後來如我在交換日記中說過的，他會隔著棉被想侵犯我的腳Y（就是磨蹭而已，不是真的怎樣），可是這也是阻止幾次後，他就不會再來，他改侵犯棉被突起的皺摺，我見他實在可憐，給他一個貓咪樣的填充娃娃（一般公仔，不是吹氣娃娃），他真的會去侵犯那隻假貓…但是這樣的畫面我還是不忍公告出來…

每次都想著要去問獸醫師，可是偏偏每次帶貓咪去檢查或打預防針時，就是會討論貓咪身體健康情況而忘記問！…

母親節 快樂

這星期就是母親節了，先祝天下的母親有ㄍ愉快的一天！

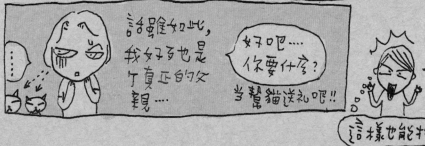

以前去大王挪威的奶奶家時，發現她客廳有一個櫃位全是亮晶晶的水晶收集，顯然老奶奶相當喜愛這類東西。後來去我婆婆家時，我婆婆也是一樣！有一組水晶收集擺飾品，一樣是那種有切面像鑽石一樣亮晶晶地東西。

我於是自己下了個定論：年紀大的人（尤其是女性），會開始喜愛亮晶晶的東西。

某年過年回台，我沒忘記對我媽做市調，我媽也說「對啊！亮晶晶的東西確實很美麗。」接著她秀給我看她的電視購物戰利品——全是那種有切面亮晶晶的鑽石寶石飾品！果然這類東西深受婆婆媽媽們喜愛！

我自己雖然還不到喜歡鑽石寶石的階段，可是這幾年我已經對水晶吊燈開始充滿欣賞讚嘆···尤其是光線打下時，讓水晶吊飾的切面閃閃發光，我也覺得真是好看啊···

「不買可惜，買了又嫌浪費（自己的）錢」這種東西的名單我平常就準備不少！以備不時之需，果然！它派上用場了！

所以，我很高興，大王為了他父親節的福利，終於也勉強要讓我過生平第一个母親節！同一時間，在荷蘭的艾傳和托比，則又不知不覺地欠了我一筆···這種帳，也是到了我這个年紀会想筆記下來的···

遠方·荷蘭————去年母親節·

忍了一小時後，自己下樓的瑪優

他們自己拆礼物‼还完全
忘記這件事，自己去玩了起來…

我的礼物呀……
…也算是驚喜…⁇…

至於我媽，仍在台灣堅持「四不一沒有」——不退休、不放心、不配老花眼鏡、不來看我，沒有時間的老媽，聽說迷上購物頻道，所以我們也決定仍然包紅包給她，希望她自己買些喜欢的東西，有丁快樂的母親節！

我順利得到的打結（劫）戒指

披薩盤後來也自己買了，主要是它包裝得像外送披薩，做得很可愛又很實用，盤子是美耐磁的質料。

妳這是什麼奇怪的 Wish list 呵呵？

披薩盤？幸運餅干机？棉被⁇什麼棉被啊‼⁇

你管我…選一樣去買就是哦，問那麼多幹嘛？
……

祝天下所有的母親，都有丁美好的母親節！！

棉被後來也是···買了···
趁我姊要來訪之前用此為藉口鼓勵自己買下的。我喜歡它的花樣配色。

貓草

我是大白痴！

當初還為自種貓草便利包的方便性感動呢！後來發現根本它在一般超市就能輕易買到！現成的，不必自己種～

因為MANY不吃魚，所以我們每日的貓食幾乎都以非魚類為主！

但是貓奴如我，當然也是盡力兼顧YoYo的喜好，除了貓咪紫魚片之外，我另外也買到新鮮貓草！

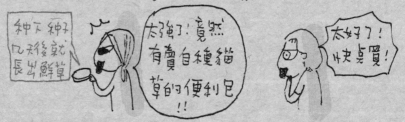

說明書上說，種下種子後，要等草長到四吋高，才可以正式端出來給貓享用……這可是件難事！因為YoYo

胖是胖，可不但是超級跳高選手，还是个開門高手，業餘兴趣是当小偷，我如何把草安全養到四吋高，是个難題！

放到屋外來呀！我很樂意照顧它！

食客　我最愛种了！

不要…

終於我找到一个接近天花板的地方，偷偷摸摸把種養到四吋大〈這段期間YOYO不斷对著天花板喊莱莉莱〉，終於最後到了面對面的時刻了，YOYO不但立刻撲上去，还像餓了一星期的牛，大吃特吃！

你不要一天就吃光光呀

← 這种体型完全看不到後面的草盆。

好不容易他終於滿足地停下來，草已経像割草机掃過，回從四吋變成兩吋，而且YOYO还自此守座那裡，不離不棄……

可真是奇怪，同樣是貓，ＭＡＮＹ對草一點興趣也沒，而ＹＯＹＯ卻是愛得如癡如狂——我經常忘記澆水而讓草枯掉，現在的那一盆都已經變乾草了，但ＹＯＹＯ一樣是每天會去啃吃幾回···

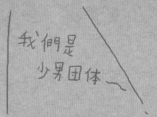

yoyo　many

我們是少男団体

我本來很擔心一盒草可能不到一ㄍ禮拜就會被YOYO啃光了，沒想到YOYO看到MANY一點也不屑他的茱莉葉，連聞也不去聞一下，他又吃又守一陣子後，就放鬆下來了，雖然他還是每天至少會去啃幾口，不過茱莉葉也很會成長，至今仍然是「綠雲罩頂」……

水族馬桶。

雖然我沒去池底扎針，不過，因為浣熊家族似乎把佔池為王了，所以，大王終於同意，是池塘該退場的時候了。鳳心大悅的我，今年的 6 週年結婚紀念日，送了大王一个水族箱，不過，卻是在馬桶上…

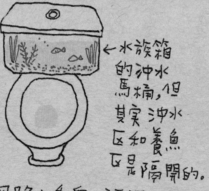

← 水族箱的沖水馬桶，但其實沖水區和養魚區是隔開的。

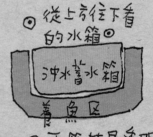

◎ 從上方往下看的水箱

沖水蓄水箱

養魚区

◎ 兩箱皆是透明壓克力做的。

我在網路上看眾人評語，有个人毫不客氣指出，会去買這种東西的人，無疑是把鈔票丟到馬桶裡沖掉！他还配了一个插图，如這樣：

可是，我沒有很同意他，我覺得馬桶水箱結合水族箱，实在太酷了！以前只是实用而

我現在要承認,買這馬桶水箱真是自找麻煩!因為,當然又是我一個人得定時清洗水族箱,除此之外,因為它有打空氣的配備,其實廁所變得挺吵的,平時也許還聽不太出來,但夜深人靜時,連躺在床上都聽得見廁所傳來的運轉聲。

然後就是每次出國前,我一定要裝上自動餵食器,要仔細地調整餵食份量——太少了魚會吃不飽,太多了魚缸水髒得快,而又沒人換水清理。每次回到家,我總是深深害怕看見兩條死魚浮在上面!所幸,這樣的事目前都沒發生過!

已,現在还多了景觀,怎麼看都很棒呀!
6週年慶是星期天,但為了給龜大王驚喜,我只能提早在星期五他上班時,趕快把它安裝好!

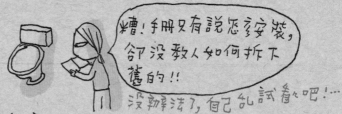

糟!手冊只有說怎麼安裝,卻沒教人如何拆下舊的!!

沒辦法了,自己亂試看看吧!…

雖然,我這一生到目前為止也沒机會觀察過馬桶的構造,倒还是很有常識地記得関掉水源,並把蓄水箱裡的水沖光,拆下左右各一个水箱固定釘後,我也迷惑了,再下來呢…?

大鉗子

中間那根水管要怎麼拆呀!?…

果然不是水電工,中間已经沒有固定死的東西了啦

馬桶魂!

就在我拿著大鐵鉗抓咬住箱底中間的出水孔,欲把它「轉開」時,水箱掉下來了!原來中間真的沒有任何固定死的裝置!只是防漏水橡圈黏太緊罷了!真是神奇啊!原來馬桶的構造這麼簡陋!!接下來,也很簡單地依樣畫葫蘆,把透明壓克力蓋水箱的先裝了上去,接下來,就剩ㄇ字型的水族箱了!

可別小看這个口字型水族箱，它可是連打空氣、濾水、電燈等這些設備都有！我拿出組裝樂高的實力，一一依步驟將之組好，挂上去……終於到了測試的時候了……

口阿!!!
漏水呵
怎麼会!??!!
快逃!!! 我会被电到!!!

今年廁所水災特別多！好不容易上次馬桶堵住時，清潔好而且也乾了的地毯，現在又全濕了！但，更讓我氣餒的是，這一漏，前面所有的步驟幾乎都要重新再來過！！組裝

（我剛不有說馬桶構造簡陋吧？真是失敬了!!）

本來想趕在大王下班前連魚都買好放入的，結果，那天我口光是這个水箱就拆拆又裝裝至少五次！直到大王下班前最後一分鐘，我才終於解決了漏水問題！

真是好特別的礼物呀…
果然是把鈔票沖到馬桶去掉…
上廁所背對魚缸，又看不到……
没什麼，叫我馬桶大王吧！
我連馬桶都会裝了呢！
有什麼好驕傲的呀？

其實這裡還有一些小細節沒寫出。

千辛萬苦把水箱裝好、也不再漏水之後，我才發現馬桶蓋打不開！
我的馬桶蓋本來是和馬桶一樣是米色的，但是因為水箱現在變得更突出了（由側面看），於是馬桶蓋就被卡住了：

原本

拆不上去!!

馬桶蓋不能開怎麼上廁所？不能上廁所的馬桶再好看，又有何用？
所以我又再次花錢去買個新的馬桶蓋座，為了能方便改變掀蓋位置，我選了木頭的（比較方便自拆後再改），所以這個馬桶蓋座也是新的。

受歡迎 的 路人

我到現在都还是一個不愛社交的人，倒不是我会在意別人怎麼想我，大多數時間我擔心的是自己說的会傷害人。這樣的界線因為永遠捉不準，也不願捉準（我不想小看了別人，及人與人之間重要的差異度），所以我也很自甘做一个快樂獨處的人。

但是老天爺似乎不這麼想，總是一再派人來挑戰我的生活，暗號語就是「你這件外套很好看」。

怎麼說呢？我發現我实在太容易被搭訕了！我幾乎敢肯定，自己是一个很受歡迎的路人！連去得很熟的超市，什麼東西放在何处我都如自家廚房那麼清楚了，為了減短買菜花去的時間，我要買什麼，也絕对会事前先寫一張清單，但是，在超市中我还是那个經常被攔上的人！

我告訴朋友，我現在買衣服的主力都放在「外套」上，因為我感覺自從住到國外後，能脫外套的機會很少，我體質屬於虛寒的，即使是夏天（這裡的夏天也沒熱到很瘋狂）我總是要穿一件薄外套才安心。
既然總是脫不下外套，裡面穿什麼就變得一點也不重要了！反正會遮住。所以我的外套很多，各種厚薄度都有。

果　斷　迷　断　果然
要我幫忙找什麼嗎？
不，謝拒—
服務人員

這都還好，最讓我感到不可思議的巧合是，十個搭訕者有九個都會以「你的外套很好看」來開場，讓我曾有一度以為，這是美式最新熱門的搭訕用語！

曾有陌生人和你搭訕說你外套很好看的嗎？
外套!?
沒有啊……連T恤也沒人說過……
會穿外套遮肚子的人

眼看自己就要成為因為外套而被搭訕的奇人了，我當然想盡辦法要理解這是怎麼回事！我的外套們真的有那麼特別嗎？

在廁所被搭訕的雪衣：因為是大膽的白色!? 不過我買它是因為它的質材是棉的，比較不會有惱人的化纖布料摩擦聲！

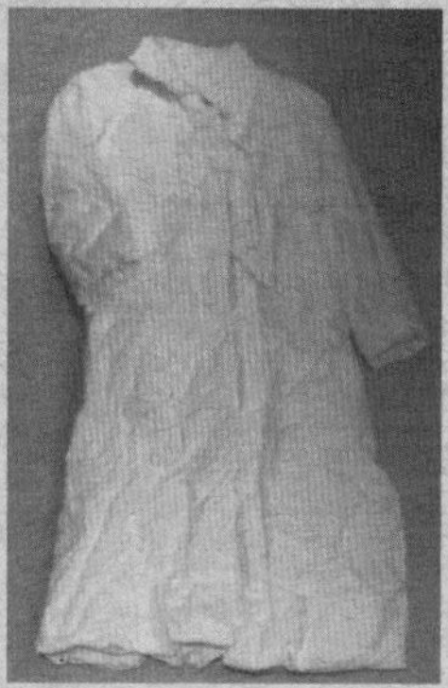

在路上被搭訕的中國風外套：因為是大膽的綠色？還是因為中國風？我買它是因為我喜歡荷花……

在餐廳被搭訕的外套：完全不解！這外套其實是姊姊在網拍買的，再轉贈給我的二手貨！

至於裡面的上衣，我也真是個很苟且的人，我每年都買基本型的素面圓領T恤，夏天就買短袖的，冬天就買長袖的，爲了怕人誤會我沒換衣服，也爲了搭配外面的外套，我還是會選幾個不同色的，就是如此簡單。

後來連大王也被我影響，他是因爲不喜歡花時間和心思在穿著上，所以也託我買同樣的T恤，只是尺寸特大，我們每年每天都是靠這樣的T恤度日。

只要一穿上就會被搭訕的衣 詢問度之高，已經超越想像了！同一天可以被搭訕三次！

我買它是因為它是非常薄的鋪棉，很適合不很冷的國外涼天。倒不是我喜歡它的花色。

因為真的沒有很理解，我只好一律把外套搭訕者當成老天派來的，所以有了這麼一个奇同的暗号！好吧！老天派來的搭訕者，我也只好努力做這功課！因為我猜這老天爺大概要我多和別人閒聊吧？

可是，外套社交 通常也不怎麼成功……

要不然就是……

我有一件外套是在歐洲買的，胸口有個小繡花，還有繡著「RISE ABOVE」的英文字樣，是瑞典某個品牌的衣服。

不知名的原因，大王對「RISE ABOVE」很有意見！（註：簡單的直翻就是「越昇」）

大王說那是什麼英文啊？沒頭沒腦地用在那裡是什麼意思？其實我也不知道是什麼意思，我當時甚至不確定這句英文組合是否是英文母語者尋常會用的？但好歹我是做過服裝設計，我了解服裝設計有時就是很愛強調自我個性，我說：「就是不必限乎外界，自由向上伸展開來嘛，是一種品牌精神囉」。（如果是我們以前服裝公司，就是會這般解釋）可是大王還是覺得「RISE ABOVE」很好笑。

有幾次我讀英文書，確實就讀到「RISE ABOVE」這樣的字句，我後來查字典，這是個片語，有「克服」的意思，我向大王說，那句英文本身沒錯啊！有人這樣用，而且不只一個作者這樣用。但是大王還是笑不停，甚至從此不論我的哪件外套他都要稱之為「RISE ABOVE」，「RISE ABOVE」似乎已經成為我的外套的代名詞。

究竟哪裡好笑？我還是不怎麼清楚‧‧‧

歐巴桑也有春天

我最近做了一件毫無廉恥的事…不，幾乎可以說失去人性了，我用大王給我的結婚六年慶紅包，買了一個可愛到令人想吐的袋子：

放大圖

鏡子

床

桌&椅

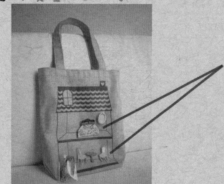

家具後面都是別針，可以自行排置。

各位路人，我都不好意思說我的年紀，我只能暗自羞愧地想起，我媽在我這个年紀時，我都讀國中了，那時，不要說是我媽，連我都早就不辦家家酒了！

熱愛骷髏頭的年紀……當年勇！

ヒ蛇玩具

你們…怎会会這乡可愛呢!!……

我就是喜歡可愛的東西，沒辦法！如果我處世態度隨便一些，我可能會生個女兒來掩護···
·

話說回來，美國的文化真的很不同，我前一陣子看到某美國網站有人在討論ＣＯＯＫＩＮＧ ＭＡＭＡ這款電玩，不少人說這遊戲無聊死了，圖也醜死了，其英文更是令人無法忍受（不論是說的或是字幕上）！可是熱愛可愛的我，覺得他們好苛喔！又不是只有花木蘭和蜘蛛人那樣才美！···

当年是当年,此時是此時,或許我就是太早轉大人了,所以現在反而想彌補自己失去的??……

嘻嘻嘻……

對了!我好像有个布娃娃…拿來配对好了!♡♡♡

·歐巴桑獨自在家天理不容地在辦家々酒·

我有私藏兩个小布娃娃,一个是黑人媽媽,一个是詛咒娃.
→大的不算,非布的不算·
※附大頭針※

也沒有要咒誰,純粹只是蛇玩具的延申喜好……

故事到這裡,就是浪子回頭的逆轉了!強烈羞恥心的籠罩之下,迫使我含淚告別黑人媽媽!!帶著較為淺淡的罪惡感,「詛咒娃娃喝下午茶」、「詛咒娃娃睡午覺」、「詛咒娃娃整理家裡」的幻想故事和我渡過了一个下午,連黑人媽々的惜別会也都辦了……

到了傍晚，大王回家，一時搞不清楚袋子的用途，所以也沒大驚小叫……

也許是要送人的？？

朋友的小孩……

很可愛吧？

當他按兵不動地觀察狀況，終於確定我要自用後，也出奇地冷靜！

我所認識的妳，真是ㄍ勇敢的女人！

俊俊挫

不愧我們結婚ㄨ年，在即將進入七年之癢的階段，你對我的了解果然深厚……謝謝你的支持!!!

但我是ㄍ懦弱的男人呀……

背那ㄍ袋子請不要和我出去…!

还是不行嗎？……歐巴桑不能有春天嗎？很寂寞哪…

但結果，這個袋子我真的很少用，我確實是有蠻強烈的羞恥心！即使美國十二歲的少女都不會用，因為那時她們已經等不及要把自己變成大人了！她們一定會告訴父母「我又不是五歲小孩」。

所以這個袋子我把它當成純觀賞，大概哪天回台灣才可能用吧，台灣人比較隨和‧‧‧

火警

驚魂記。

這種警報器是吃電池的，所以快要沒電力時，它會小聲地滴‧滴‧滴‧地叫。（每隔幾秒滴一聲）

有一天早上我一直持續聽到很小聲卻很穩定的滴叫聲，本來以爲是別人家傳來的，還在咒怪他人出門上班鬧鐘不關掉！後來去屋外才發現屋外根本一點聲音也沒！所以推斷不會是別人家傳出來的，是在我自己家！

但是我在那裡東聽聽西聽聽，就是找不到聲音來源！也猜想不出那會是什麼機器的聲音？聽了很久之後，我覺得它很像是手機快沒電時的警告聲，立刻衝去把大王的手機充電！可是，滴聲繼續響。

真的是平常一點也不會注意到天花板警報器的存在，那一次我真的是找了好久好久好久，才終於找到它的源頭！

在美國，幾乎家家戶戶都裝有煙霧偵測器，我家也不例外，一層樓至少裝了兩個，主臥室那一層還多達三個，因為都是在天花板，平時沒事也不會注意到它的存在，多數人甚至從來沒机会聽到它發出警報聲！可是我何其有幸，在美國住的這几年，竟然就剛聽到兩次「報佳音」！

第一次是我住在租回來的公寓時（獨居的），鄰居因為身体不適，故意觸動警報求救，不愧是电影也曾演过的好方法！連我也日記記下，以備不時之需。

只是我沒想到会遇上第二次，还發生在自家！

什麼声音!?

發生什麼事!?

好吵!!!
好大聲!!!
快逃呀～

突然大叫的警報真是会嚇到魂飞魄散！

我很快地往警報聲源衝去，一到最下樓，已經是滿層煙霧了！

滿室煙霧立刻嗆得我淚流滿面（無法控制的），一邊開門窗一邊擔心貓咪逃出去走失，同時無法手控停止的警報聲仍一直不停地在轟炸耳膜……

等煙霧降到不危害的濃度後，警報果然就自動停叫了，但，這一頭，我心中的怒火可才熊熊燒起中……

其實那天煙可以散得更快的，只因為我家有養貓，怕在門戶大開之時，貓咪會溜出去走失！所以雖是要開窗開門，也不敢開得太大縫！還好有煙的地方也只有在樓下一層，上面兩層並沒有煙，如果是整屋子都充滿煙了，當然就不能再去在意貓咪走失的問題，大家先求生要緊。

我一直想做紗窗紗門，因為若有紗窗紗門我就能把窗戶打開了，也不怕貓咪逃出去，可是在美國卻很少有房子有做紗窗紗門！尤其是落地窗，我們台灣的落地窗幾乎都有帶紗門，這裡卻都沒有，真不知美國人到底是怎麼想的？…

原來，又是抽煙惹的禍！！只是這一回實令人詫異的，平常可都是大王在罵我沒有把火熄好，沒想到真正惹災禍的，卻是他自己！他把他廁所的煙灰缸倒入垃圾桶，其中一根沒有完全熄好的煙屁股，偷偷在垃圾桶中悶燒，雖沒有燃起火災，卻燒了一屋子的煙！垃圾桶都變形了，但是地板或其它地方都沒破壞到，煙霧偵測器可真是好用！

〈順便一提〉

抽煙的罪再加一條！我把大王大罵特罵貶為平民，希望我們的例子也可以成為大家的借鏡......

有沒有人要發明人類用的火氣警報器呀？...

你這个罪犯還不去給我面壁思過、寫悔過書！！！

如果有人發明人類用火氣警報器，那我敢說，掛在我身上的警報器，一定一天到晚響個不停。

舉例來說，有一天傍晚阿烈得買了一塊牛排要回家煎，他回到家看到爐台，就開始唸我唸個不停，說爐台和流理台多髒又多髒（其實也不過就是沒有「一塵不染」罷了），我是很不滿（又不是我一個人弄髒的），不過也二話不說拿起清潔劑開始噴抹，他立刻又唸：「妳是要毒死我啊？我不要我的牛排摻到清潔劑！」

我的不滿立刻破表成為盛怒，大吼：
「你真是我見過世界上最難相處的人！」
不是嗎？如果想立刻煎牛排，也不必抱怨爐台不夠乾淨，反正你已經立刻要再弄髒它了；如果要抱怨爐台不夠乾淨，都已經有人開始為你清潔了，就等一下再煎！反正你爐火也還沒開。哪有人兩樣都不滿！那是要怎樣？

雖然他有立刻向我道歉了，但是我就是覺得我很容易一天到晚在生氣，而且都是因為他。

乾坤大挪移

好久以前有提過,屋外樓梯下的地板被大王不小心打了一个洞!從那時起,我尚未修的「危樓」雪上加霜,因為,好不容易小心謹慎地下樓梯後,第一步踏足的地面卻还有一个洞!簡直是危机四伏!

（接下頁邊頁）

面對人家肯認錯,真誠向我道歉,我又會很高興地釋懷。

大王這幾天終於向我道歉當年樓梯的事!

我們剛搬進來之初,我就很想修理那個屋外傾斜的樓梯,那時樓梯也只不過是傾斜而已,完全沒有其他問題。有一天我拿汽車用的起重器墊在一個高台上,由樓梯下方把傾落的這一邊挺上去,我的計畫是,挺上去之後,立刻把裁的尺寸剛好的堅實木柱撐入,然後再補強大釘,加強週邊四處連結處。

小心不要踩進去…
小心不要踩進去…
小心不…

傾斜危樓

連我自己都怕得嗹嗹蒜叫…

我也不記得是多久了?我已經忍到習慣成自然!依悉記得當初決心「怎樣也不去修」,是為了讓平民阿烈得自己終於忍不住去修它!(窮人來修、連樓梯一起修。)

可是這個工作需要幫手，尤其在我把樓梯挺上後，另一個人一定要和我一起趁這時把木柱推入位置（木柱很重，沒法一個人完美地推定位）。我把樓梯挺上後，立刻去叫大王來幫忙，他人是出來了，但是情緒顯然很不好，不但抱怨了幾聲不願幫助，最後甚至丟下一句他要去ＰＵＢ了，留我一個人笨拙地將木柱推進，但是怎樣也沒第三隻手能好好將它推入最正確的位置，樓梯是撐住了，非常不完美地，因此我也就沒補釘，因為位置不對，補釘就沒意義。

從那天開始，我就再也不對他提樓梯的事了。（是女人就了解我的心，不必多加解釋。）

這幾年來樓梯狀態每況愈下，由於當初沒補釘鞏固，因此有些木頭交接處開始錯位（這點以前沒發生），隨著時光，它每年錯位一點，到現在終於不是一個非專業的人能處理的了。

（接下頁邊頁）

沒想到，經過這麼多寒暑，真平民阿烈得还是無動於衷，連我都漸〻習慣，這些都沒什麼，了不起的是郵差先生！沒想到連他那麼愛抱怨的人，都閉得得自然流利！

回精選→ 步伐！！

下一步要踏在那裡！！

呵呵呵…… 經驗啊！…

看來不太能期待的一對夫妻，还是有了動作了，我終於動手去修了，这不是因為忍不住，也不是郵差感動了我鐵的心腸，而是……因為我姊姊要來西雅圖看我了！知我莫若家人！要我勉強自家姊姊跨地面破洞，也不是不可能，但，我兩个鍚也要來（姊〻的小朋友），孩子是國家未來的主人翁！我們要保護他……所以我這个阿姨也放下夫妻恩怨，決定把破洞修好！

工頭配件→

評估中

其實也不難，破洞剛好在這兩條木頭上，只要把這兩條木條拆下，補上新的就可！

看起來這麼簡單的事，結果竟然不簡單！
首先提，在木條上的固定鐵釘都深陷於木表之下，拔釘工具怎樣切角度都碰不到釘子！

←拔釘器

樫木

〈側切圖〉

我馬上轉而構思 B計畫，打算將鐵鎚伸入破洞裡，從下往上將木條打上來，可是，鐵鎚伸入仍碰不到木地板！因為此區構造如下，破洞四週剛好有橫樑阻路！

破洞在兩條橫樑洞間，手和鐵鎚伸入後，也是怎樣喬角度都碰不到那兩條木條的剩餘屍体！

← 而底下，是ㄅ四面封死的水泥基柱，你也無法從底下進入，將木條往上敲掉！

还好，我家什麼沒有，各种工具倒是出奇地多！工具收集狂阿烈得，愛買不見得愛用，常常都是讓我派上用場！我找到一根尺寸合適的鐵撬，從木條的縫隙間切入，終於成功拔下木條！！！

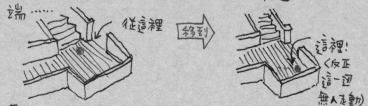

成功的C計劃！！

值得補充一提的是這間房子建造年代所用的木條規格，現在市面上已經找不到了，要取得就只得特別訂做，或自己買大條的來切割，考量待做工作还很多（庭院已經草高過人了！）。沒有美國時間的我，直接將舊木條反轉，把破洞範圍移到另一端……

從這裡　移到　這裡！（反正這一邊無人走動）

費了這麼大的功夫……竟然只是取巧地將破洞轉到別処，午夜夢迴我也不禁捫心自問，張紗如，你在搞什麼鬼呀！？……

倒是這一年來變成阿烈得非常關注樓梯，他設計了數個方法都不是太有可能性，開始後悔當初問題還簡單時，沒有幫我，同時他也有意識到，我這幾年幾乎對他絕口不再提樓梯的事，他知道我當時一定是心寒到極點，所以他開口道歉了，認真地，甚至責怪自己當時竟是逃去ＰＵＢ！他為自己的行為感到極度抱歉。

所以我也原諒他了，一個人能認知自己的行為的不適，而且肯承認，至少還有救！我是這樣覺得。

從這裡，轉移到這裡！
上面舖一片瓷磚，先蓋著・・・

心無靈犀 的 甜蜜。

說了那麼多大王的壞話，是該也說說好話了···

這個人如果決定當天使，他真有本事成為最佳天使的！不是只有態度問題，他也還有很多真實才華，彈鋼琴、拼腦力和知識（怎麼聽起來不是太浪漫？），聊書聊電影，我們可以談得很知性兼感性···

而且這個人是我交往過的男人中，唯一看書看得比我多的一個。

我這兩星期以來，都為姊x要來而忙著將環境「回復到正常水平」(並不是弄得更好!)！但這一週更是忙到最高處，上一週仗著还有時間，还有條件考慮不要過勞死，但這一週可就真的火燒屁股了，我完全投入勞工苦力！每天上床前想著一家大小，睡覺時亦不忘有壓力做x惡夢，一早醒來送走夫婿，就戴著草帽去上工……

对了，我应該打電話通知丈夫自己在外做園藝，不然他萬一突然有事打電話給我，

卻發現電話沒人接，搞不好会以為我出事。

我趁著休息小便時間，打電話給阿烈得，没想到竟然是電話中，又隔了兩分鐘，我再打一次，仍然还是佔線，考量我已没有太多時間能浪費，我決定不去理会自己的細心相告，再次拿了大剪回到庭院衝刺……

正當我好不容易把樹叢伸去的¼停車位剪回原來認界時，竟聽到坡下好似傳來大王的熊熊引擎聲，正在懷疑間，大王已經把車開到車庫旁了…

真的是你!!

你又特地回家上廁所喔??

妳在做什麼!?

沒事吧!?你…?在剪樹枝!?

被彼此驚嚇一大跳的二人。

完全沒交集的兩人吃完驚後，又開始各說各話，花了好一陣子才終於走到同一頁的故事！原來，大王知我沒講完電話後，發現我打了兩通電話，所以回電給我，沒想到竟沒人接電話，他陸續打了七通後，決定回家看看是否我生病昏倒了，還是貓咪出事了，還是我家被人闖入我被挾持了…但他萬萬沒想到的是，会看見我戴著草帽和口啃，拿著大剪刀在那裡剪樹枝!!!
而我，因為忙碌也几乎忘記自己打了那兩通電話，一看到老公突然在上班時間回家，能想到的也只有「他是回來便便的」！

這裡要特別說明，平常的我絕對不會因為有閒有時間，而跑去屋外剪修樹枝！大王也知道我這人的習慣和個性，因此才會很驚嚇地看見我在那裡剪樹枝。

而平日我則認為大王並不多關心我，至少他不是那種會胡思亂想，以為我會突然生病或昏倒的人，他的心思還沒細到這種程度，所以他為了這件事跑回家，也確實令我刮目相看。

事後他是開玩笑地說：「妳確實是生病了！竟然會去剪樹枝！這一點沒有異常是做不到的！」

是他自己突然便秘吧？···回家竟然沒上廁所···

毫無默契的兩人，緊接著在搞清對方的狀況後，又互相感動了起來！

什麼!? 你竟取消開會，特地回家確認我的安全!?

不是為大便！而且你超速了吧…

達令！而妳，竟然為了幫我省錢省力自己在這修剪樹叢！！

還帶著口哨…好堅強！

阿娜達！

互相大感動後，彼此還是很忙，阿烈得又回車速去，趕回公司上班，我也立刻再上工，繼續整理庭院…

過去我曾和日文說，我覺得自己彷彿要自力救濟，我說，我感覺如果我出了什麼事，阿烈得可能不是相當可依賴……可是一直到看見阿烈得突然飛車出現，我真是不得不承認我錯了！而且很高興承認我錯了！！

傻咪咪

其實我做這些是並不該的呀！是我家人要來嘛！

而且你這陣子也為了他們要來，花了很多錢……

可是，我認為那些錢是早該花了，我們只是太懶才拖到現在才花…

不為客人、自己也是早該要把東西修好呀！

沒有默契、經常互咬、結婚進入第七年了，仍然意外發現彼此真的很相愛……へ…謝啦…大家……。

如果有一樹叢籬是介於你家和鄰居家之間，請問是誰該修剪呢？
答案是：個人剪個人那一面（半）。

我這次修剪的這個車庫旁樹叢，就是和鄰居的交界點，不過當時我只是把樹枝剪進去（寬度），並沒有把樹剪短（長度），因為樹叢已經長得太高了，頂上不是我能觸及到的。

我的鄰居修剪樹叢可不像我這麼馬虎，不但寬度有修，高度也有修，所以呢，每次鄰居修過後就會出現很好笑的畫面，從側面看，這個樹叢就像被鬼剃頭，突然一面被平齊削去，而另一面天然亂長・・・

姊姊來了！

猜人我現在在哪兒？我可不是輕鬆自在地在家裡寫作，而是在觀光地區的涼亭偷空趕工！

我今天有稿子要交…

OK呀，我們在家也可以

自在一

看書

玩貓

MANY

打電動

媽ㄇ！看我過關了！！

怎麼可以我一个人辛苦，你們卻可以輕鬆自在！？

所以，心裡不平衡了的我，硬是把大家載出來戶外繼續走路！！（這ㄥ天我也日日陪玩，走得很累了！）我自己選定一个涼亭，要他們逛完來和我会合！！我也工作，他們也繼續走路，很好—— 皆大歡喜！

哪ㄦ有？我很想在家休息呀！

姊

左：姊之女妮可
上：姊之子史丹力
右：妮可和史丹力的媽

不過也多虧他們有來西雅圖玩，昨天我还是第一次參加了我們地方性的煙火大会‼（慶祝7月4日國慶日）以前我也只參加過一次，但並不是我們自己這个地方性的，而是特地跑去西雅圖看大都会的！而昨天因為白天出船遊湖實在太累了，在回程時，看煙火的目標地就從西雅圖退到東区大城貝樂芙，然後吃完晚飯後更累，最後就草〃在我們 Kenmore 小市的区域性地区隨意看〃！……

…真是完美的計劃，務実的行動……因為有小朋友的家庭，似乎很難有所謂計劃可言……

我姊說，不美的照片不要放，但是我要證明小朋友在船上昏睡的事實，所以這張還是要放！但我有好心地馬賽克了‥‥‥

某天我特地開車帶大家到美式車上用餐餐廳，也是因為小朋友在車上睡著了，而我和我姊又顧著聊天，也沒意識到有何不對，直到吃完餐又上路，才發現從頭到尾小朋友都沒見識到……

怎麼那麼久!?餐廳還沒到嗎？……

突然醒來。

還在睡。

我們已經吃過了！

這是你的份…

對喔— 搞什麼呀!? 結果小朋友也都沒看到!!!

很累的阿姨。

姊姊一家人的旅程还過不到一半，我這個平日只拿得動筆桿的人已經累斃了……

拜託喔，你都还沒真正常他們去西雅圖呢!!

指指。

平日要上班的好命人。

對喔…

軟—

不過，也是有好消息，我嚷了好久的減肥，又終於因此而有了一點成績！而且看到姊一家人也还蠻愉快的，我也很欣慰……

西雅圖市中心
到處都有各種不同花色的豬。

西雅圖的水族館？
（我記憶不清楚了）

電影雙峰裡的瀑布

大王耶。

北歐海盜的帽子
麻豆：妮可

史丹力很會演戲喔！
被假蝦子夾到了‧‧‧

姊姊來了 ②

這一週的家人旅遊行程主要在西雅圖市區裡，大致上就是包括太空針塔、派克市場這一類的地標，這些地東我以前也去過，不過，有小朋友和沒小朋友的玩法就是不一樣，例如派克市場樓下，有一种投錢的机器設備，我從來不知道它竟如此搞笑！……

世界上最大的鞋子

媽～，我們要看！

那是什麼？

我也不知…

可能是影片吧？

結果，投了錢給小朋友看了之後，我們都因為覺得太荒謬而笑倒在走道旁……

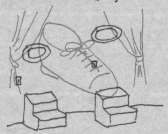

只是一隻大鞋在布幔後面，投了錢之後，觀看孔打開，就只是這樣欣賞這隻靜態的大鞋而已!!!

然後是太空針塔隔壁的科学館，因為我們是由側門的收費処進入，所以一開始只以為科学館就是入門後那一个小小建築而已，把大部份時間都花在那裡，一直到肚子餓了，想吃東西而去找餐廳，才知道原來裡面有好几个館，一棟連著一棟，而我們竟把好多時間浪費在同一館！

走快点！後面还有好多東西都沒看！
結果也沒時間吃東西了…

⊙不過还是看了3D的恐龍影片，在戲院勉強以爆米花充飢…⊙

当然，西雅図的水族館和動物園也沒錯過，不過，因為太多單字(英文的)不懂了，也沒真正教育了小朋友什麼……

介紹牌
這是駝鳥!!
哇！駝鳥耶！
這是什麼？
不知，就当做是駝鳥吧…

兄妹感情好・・・

PIKE PLACE MARKET

妮可不夠高，是我在後面抱上去撐著的。

自力救濟的史丹力反而快看不見了！

莫非這板子不是給兒童用的？也太高了吧・・・

向來夏天天候總是宜人的西雅圖，卻突然在本週飆升到 36、7度！（超罕見！）所以我在最熱的這天安排了 shopping Mall 的血拼行程，一方面也能在裡面消暑享受冷氣！但是 Mall 畢竟太大了，二個小朋友很快就失去耐心，所以我和姊姊租了一种兒童推車，一邊逛一邊招搖吵人……

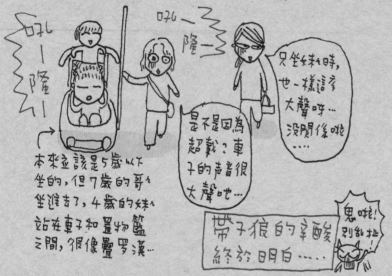

076
一隆一

076
一隆二

本來這應該是5歲以下坐的，但7歲的哥哥坐進去了，4歲的妹妹站在車子和置物籃之間，很像疊羅漢…

是不是因為超載？車子的聲音很大聲吧…

只坐妹妹時，也一樣這麼大聲呀…沒關係啦

帶子猴的辛酸終於明白……

鬼啦！別亂拉

姊姊一家人星期天晚上就要回台了，我只希望在剩下不到几天的時間裡，还是能盡力讓他們多看一些地方！

我們大家每天都睡到10点多才起床…也挺累的…

也讓你理解我為何都不能早起了吧！國外生活就是這樣!!……

妳太頭啦！平常沒出門玩也一樣晚起!!別瞎說!!!

血拼魔瞎拼

假日市集

小孩子其實不太喜歡逛街，除非是買玩具，要不然即使是幫他們買衣服，也是要死不活地給你看・・・

渡輪之悔。

西雅圖因為有靠海，所以到西雅圖若錯過水上交通，也是一件很可惜的事！

這回我姊來西雅圖除了搭乘我家的船參觀固定行程比爾蓋茲的家外觀之外，我和大王也一心希望能讓小朋友搭上連車子都能上船的大渡輪！可是，第一次試圖時，因為碰上週末，竟然要等90分鐘！又名是耐辛的大王當然等不下去，我們當場更換行程！第二次試圖時，又不巧怎麼喬都還是碰上週末，但因為大王沒陪行，我們一家子硬是等了90分鐘上了船！！

我的扁頭（頭頂及腦杓近90度）
這張側影大約可看出一些···

確實很神奇！那麼多車子竟然都上船了！！
我本來以為要等下一班王才能上呢！！

我可真有耐心啊！一小時半也等下去！！
其實是偏執吧？
硬要等！！

不過，大渡輪果然有吸引力，小朋友几乎不想下船了！！

我們要待在船上！！
不要去什麼挪威鎮了！！
真正的目的地。

給我下去！！等一下回家又能搭一次！！
為母之氣魄

這是挪威鎮・・・
的一個公廁旁・・・

到這一天史丹力的如廁強迫症已經很嚴重了，我們幾乎很難離開廁所太遠・・・

我姊的兩個小朋友都很有個性，老二是女的，才4歲而已，但是說出來的話常。讓我心臟快衰竭了！

老大是男的，畢竟比較有責任感，但，似乎太有責任感了！因為小朋友的多屎多尿，常。讓大人忍不住提醒他們『要上廁所要快喔！等會不一定找得到廁所喔！』結果，這樣的「威脅」之下，老大整个行程完全離不開廁所，还乎產生了強迫症……

而且，好不容易上完出來了，總是不到15分鐘就要再回去廁所！導致我後來都再也不敢提醒上廁所這件事!!
因緣種。後來就剛好在渡輪上產生了家庭倫理大悲劇……回程的渡輪中，小朋友仍然玩得很愉快，

不但爬去了戶外甲板區，也还再上了一層樓參觀，在我不敢提醒這星小朋友去上廁所之下，他們四處晃到廣播說要準備下船了，我还找不到他們的影子。好不容易他們出現在我眼簾了，這時船上的乘客也几乎都回去自己車上了，他們小朋友竟在此時說要小便！！！而且老大还立刻刷的一声就衝入男廁了，我姊也帶著小的往另一个反时面的女廁跑，匆忙間要我留在男廁外面等大的，而我，所有的反應只是「不快回車上不行！等一下開始下船時，我的空車会害後面的車都無法出去！！」

焦急間我衝到另一方向的女廁通知我姊，我必須先回車上，可是男廁因為方向完全相反，也看不到女廁，我姊怕老大出來找不到人会慌張，堅持要我回男廁外等老大，這時，我終於急火了！！——

2003.7.4

2007.7.4

> 你們剛才有那麼多時間時為什麼都不上！？

> 要不然忍一下也可以呀！反正下渡輪後也立刻有廁所呀！！

等兩個小朋友都上完，我們忙亂回到車上，其實時間有來得及，我並沒有擋到後面的車的時間，当然，我立刻後悔自己对姊々罵的那番話！！

回想上一夏老大的上廁所強迫症，再想々小孩就是小孩，如果都能盡如大人控制，天下応該沒有辛苦的父母……

我对姊々很抱歉！同時，我也更感恩我的父母，他們不知多少次面对我曾造成的窘境？或多少次被我的話語傷害過？…全天下的父母親！你們真的辛苦了！……

這裡不是挪威鎮，這是他們行程中更早一點的 Juanita Beach，這也不是海，是華盛頓湖的某一小段湖岸而已。

這一天，我們去到這個 Juanita Beach 玩，我姊說史丹力是那種「需要有目標」的人，沒有目的的玩他不知如何玩，所以我們就給他出任務，讓他開始撿蛤，果然史丹力的精神就來了，很認真地四處找蛤。

到了傍晚我們要回家時，也不知道那幾個蛤要怎麼辦？放回去好像會毀掉史丹力的旅程意義？所以我們就放在水桶裡裝水提回家，然後那幾個蛤就在水桶中在我家一角生活了幾天，到了他們要走之前，那些蛤也還在，我實在不知如何處理？最後終於想起我家的池塘（當時池塘還在），所以就把蛤放入池塘裡了‧‧‧

前一陣子我清理池塘時，也沒看見蛤的蹤影，不知他們後來是怎樣了？‧‧‧

情歌對唱

上司可粗分成兩種，一種是技能派，一種是管理派。

技能派顧名思義就是上司自身專業學識和技能都很強，比能力和專業是那種強到足以折服屬下的，精英中的精英；管理派則是，上司專業上的能力不見得好，可是知道怎樣調度使用有各種能力長才的屬下，他能精準控制團隊的工作進度，也知道怎樣消弭或提起屬下間的競爭。

如果兩者不能兼得的話，你偏愛哪一種上司呢？

好一陣子了，大王工作超級忙，經常三更半夜才回家⋯⋯

We need to talk⋯

你是不是外遇了？

回答我呀！老不羞！

ZZZZZ⋯⋯

↑ 有睡午覺。

外遇？我真是自找麻煩⋯⋯

人家湯尼的老婆都常去探班

有時候還會送飯去⋯

真令人羨慕一

我也很忙呀！我又不是沒事幹天天睡午覺⋯

陪上班？無聊死了，尤其微軟又不是什麼大賣場之類的，去到那裡能聽到的聲音也只有打字聲，實在和頌經沒有很大的差異。

可是，湯尼的老婆實在太模範了，搞得大王更深深自憐一個人單獨的奮鬥⋯更糟的是，星期六日竟也要加班！！

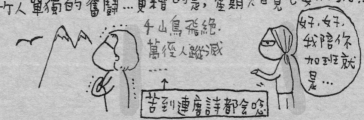

千山鳥飛絕，萬徑人蹤滅

↑ 苦到連唐詩都會唸

好、好，我陪你加班就是⋯

我因為正在縫製艾琳雙胞胎的生日禮物，所以這一陣子幾乎整天離不開縫紉机。既然微軟也沒什麼好玩的，我於是決定帶著縫紉机去微軟車縫、做女工……

帶縫紉机——

去微軟車縫?!

很衝突的感覺吧?!

好像某种藝術似的……

好像很有趣!!!

可不是嗎?勁都上來了吧!?

我為你加油!!

容易為荒謬的事而興奮的夫妻

当天，一抵達大王的辦公室，大王立刻為我清出一个女工縫紉車位，我也立刻把縫紉机架好，当卡卡卡的打电腦声中，出現一陣有勁地切切切聲，我和大王都好似打破了什麼苦牢一樣地神聖，又像是揭開了世界之謎一樣喜悅，也像發現了什麼重大新点子一樣，樂不可支……

卡卡卡

切切切

——另類情歌對唱——

大王的選擇就是技能派。「不停地加班」就是自從他換上司後的結果，不過，他無悔，因為他就是偏愛上司知道自己在做什麼、同時也明白屬下在做什麼的那種精準明覺，雖然是不斷加班，可是上司都了解他們是付出了多少才智，完成了多少艱難任務。

身為一個太太，我喜歡管理派上司。我覺得技能派（亦可形容是學識派）是實驗室裡的瘋子！不知道如何生活只知道鑽研再鑽研，三更半夜還打電話給員工，只為共赴學識的天堂！身為一個太太，我覺得這一年來我家沒有所謂家庭生活！我連半個丈夫都沒有。回想大王的前一個管理派上司，我就覺得他實在是很人性，讓大家發揮自己的長處也同時兼有自己的生活，不是把所有的時間都劃給工作，可是當時大王總是覺得他不了解員工的優秀或打混，他們完成的工作，也不是大王會視為珍寶的成績。

我猜,我应該是第一位在微軟車縫紉机的人吧?
這種記錄怎能不讓人心跳?! 有人会包帶文房四宝
去登月火箭上画國画嗎? 相信我, 那种神妙是難以
置信的! 另一方面…

值得補充的是, 我也是到了什麼都不董的大年紀了,
新式的縫紉机我有学習障碍, 所以我的縫
紉机可以説是一个老骨董, 運作起來簡直像老式
蒸氣火車一樣強而有力, 尤其当我風溜起車來, 簡直
是欲死的歡呼⋯⋯

大王的加班苦難聽説还要再持續一陣子, 所以
他不停鼓勵我再去微軟陪上班, 但是我的女工
身份已經告一段落了, 我还是決定好好休養, 白要午覺。

如果是我自己做職場的選擇
呢?我覺得我好像還是會選
管理派!因爲我還是希望我
擁有我全部的人生・・・

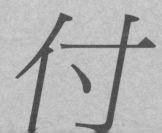

零存●整付

一直以來，有一件事情我蠻對不起社會大眾的…那就是，在美國生活了六、七年了，我还不太敢用零錢！！！

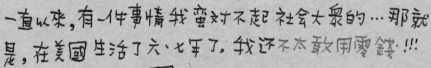

喂～喂

這种事和社會大眾無關吧！？

是妳自己有問題！！！

我的問題就是社會大眾的問題！

為什麼不敢用零錢呢？因為，零錢中除了¼元外（QUARTER），其它的我都搞不清！！！因而，臉皮很薄的我，實在不敢在付錢時大大方方地做心算，一角一毛地慢慢數，兼滴血認親……

總共21.79

22元 ← 一点也不做無謂的爭扎。

← 其實零錢很多！！但是0.79是¼×3了……然後呢？？？……

雖然說，我的本意是好的，我實在不忍心佔用別人太多時間，但是，六、七年來零錢都搞不清，也實在讓我自己火大了！簡直太沒上進心！而沒上進心又看起來一付敗家的樣子，實在讓北鼻太失望了⋯⋯

都不用零錢。

關我什麼事呀!?

其實如果尾數是 0.25 或 0.5 或 0.75，我就會用啦⋯⋯
而且會覺得好幸運！我剛好知道要給多少 QUARTER 吧！

大約一年前吧，我買了一种零錢分類器，下定決心要好好開始始用零錢⋯⋯

底下有彈簧，可將零錢往下壓，拿出或放入⋯

● 可當鑰匙圈用 ●

結果—

25.43

一分鐘後：30，請找

要緊張

不行，还是太手忙腳亂了！

本來以為方便的零錢分類器，因為零錢一放入後就把那些可識別的 Q、D、P、N 全都遮住了，一到付錢時，我还是只認識老大 Q（4分之一元），其它三个小的我还是叫不出名字!!! 而因為紙綱鈔和零錢分開放，付錢時反而更慢，又要拿皮夾，又要拿零錢，实在比接生更拖拉—

算了吧⋯
我还是繼續当我的白癡吧⋯⋯

沈重。

當然，在美國若是要把一大堆零錢換成紙幣，其實非常方便，也不需要去銀行，很多超市就已經裝有零錢換紙鈔機，你自己也不必細分一毛五角的，全部倒下去之後，機器就會自行分類幫你算到好，然後會收一點手續費。

可是呢，一ケ月之前，当我在邮购目録（主要是针对老人家的）上看到一样産品，我又心動了，因為它又燃起了我一線希望!!

可放信用卡或紙鈔

← 零錢整理格

拉鍊拉上

仍然小巧!

這ケ希望主要是，它能同時整理零錢，也同時能收納紙鈔! 這麼一來，就能減少我付錢所需的時間!

科技真好呀——

白癡有救了——

銀髮族錢包 ← 這哪是什麼科技呀…

結果——

33.88

50…請找

…為什麼呢?

謎底揭曉，我跟本就还是ケ除了老大Q，其它都不認識的人!! 這根本和零錢有没有放好、整理好、無関!! 而是我不認識就是不認識!!!
最後的最後，我在銀髮族錢包上做了一件更銀髮的事……

標上幣值…

這個錢包是我這一生中目前用起來最最滿意的一個!

由於它，我已經能正常使用零錢了，而且確實不會手忙腳亂，更重要的，我真的很喜歡看我的零錢們有秩序、整整齊齊分類地排列著，而且還不厚重! 我喜歡它的程度甚至到達一想到要回台灣，我就不知該怎麼繼續保持零錢的清爽，而苦惱著! 我甚至開始祈禱台灣商人能趕快做出這樣的零錢整理架! 不要再讓我只能將零錢隨便一把丟入提包底…

波浪拉鍊

現在想來，我每次去歐洲的行李似乎都沒帶對過！

夏天去時，我太肯定它會熱，所以沒帶外套；春天去時，我又太認為它會冷，所以帶了過多一次都沒用上的外套！只有冬天算是最能掌握的，可是冬衣反正都是厚的，根本也是無法做到精小行李！

大王和我在一起之前，聽他說他很少託運過行李，都是一小包就上飛機了，所以下飛機也不必等行李。其實我自己每次回台灣行李也很小，也可以不必託運，可是託運已經是我多年習慣了，我反而不是很喜歡在機場內閒逛，等飛機之前，還要拿得大包小包，我認為這樣更不輕鬆。後來大王也發現不必顧隨身物的自在，所以現在他也都託運。

不過我是即使託運也仍希望行李不要太大。

說到出國，大家一定都会想著，要帶哪些衣服，要用哪个袋子之類的事吧？我也不例外。

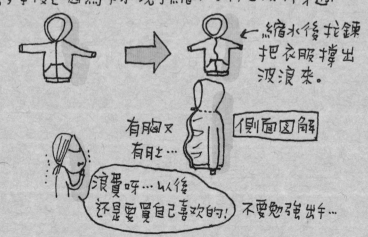

要去荷蘭…

今年好像很熱，不要帶外套吧？

行李愈輕巧愈好…這次去的天數也少…

可是，我还是回想起去年去荷蘭時，就是因為沒帶外套，結果冷到皮皮剉，勉強買了一件不很喜欢的白色外套，事後还因為下水洗了縮水，再也没再穿過一

← 縮水後拉鍊把衣服撐出波浪來。

側面圖解

有胸又有肚…

浪費呀…以後还是要買自己喜欢的！不要勉強出手…

所以，儘管我很想少帶兵衣物，但外套想來想去又捨棄不掉！

這件太厚了…不好了－

這件顏色太鮮了，不好搭…

這件OK，但是太破舊了兵…

我理想的外套是薄外套而顏色好搭、又不要太舊的，但找來找去，女人永遠少一件衣服的毛病又犯了！

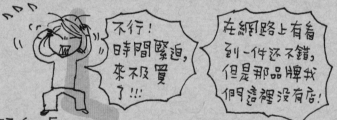

不行！時間緊迫，來不及買了！！！

在網路上有看到一件還不錯，但是那品牌我們這裡沒有店！

在不願重犯「勉強出手」的錯之下，會做衣服的我，竟然決定自己做！

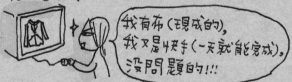

我有布（現成的），我又是快手（一天就能完成），沒問題的！！！

一身武功，就用在這一朝吧…

不愧寶刀未老，我還真的花了一天就把外套做好了！真是不枉我十年寒窗苦縫的歲月呀！

天才！！　哈哈　哈哈　天呀－我省了一百多美金！！－

我是一點也不訝異自己一天能做出一件外套，因為我記得以前有一次縫紉術科考試時，就是以一整天課的時間縫製出一件西裝外套，我印象深刻我是全年級第一個「交卷」的！而且因為很早就做完，我還很高興自己偷到很多多餘的時間閒晃！我也還記得我「交卷」時，造成同學多少壓力，而且當場就已製造出一陣喧嘩聲。我很清楚自己一向是快手，即使多年不碰縫紉，我對縫紉種種也是記憶猶新，因為，當年恨死它了！

而凡是我恨的，我就一定會去搞得更清楚。

所以呢，心滿意足的我接下來就去洗出國要穿的布鞋，洗完了欲罷不能，連新做好的外套也順便洗了一洗，反正大王在加班，我一个人在家也沒別的事好做——

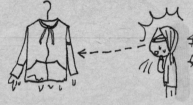

我有沒有眼花!?
好像…有點縮水了
!? 波浪拉鍊也
現江湖!?

因為怕縮水，我特別注意用冷水手洗，还不敢用烘乾机！可是似乎惡夢重演，波浪拉鍊又慢慢捲起一波波浪潮，一点一滴向我襲來……
果然到次日早上，波浪大俠已在我的新外套上留下到此一遊的足跡了…

慢·慢·來
太極生
兩儀…

早知道，裁布之前就
該先把布洗過…

運氣療傷…反正也沒別的事…

療完傷或許元氣稍微回復了，我又很有毅力地再花半天，把衣服拆開再修改，終於打退了波浪功！

累死人了——

出國前，
都別再叫我

Miss 張!
護照

簽證送到了!

就是這一件···

外套本身是白色棉布，配有一些米色蕾絲。

莫名其妙的配法？？其實我是要「仿古」，很多古代西洋服裝經過時間的洗禮，都會呈現一種白色米色不勻的感覺，我就是要那種感覺。然後為了怕太秀氣，我貼了那種休閒式的口袋，結果好像有點不倫不類？但是我自己滿意就好···

很會炒飯 的 泰國人

自從決定在美國越南菜比中國菜好吃後，我們也決定順便嚐試其它亞洲國家的料理，所以泰國菜我們也經常去參考…

泰國菜到了他國後，依照慣例，是會改變口味的，會改成當地人較喜歡的口味，我也去過泰國，我知道在美國吃的泰國菜並不道地泰國味，同樣在台灣吃的泰國菜也是多少有改種。

所以不必忙著去試泰國炒飯，我文章所指的只是在美國的泰國菜，並不是泰國菜自身原味。

結果，每次我們去吃泰國菜，我在那裡狂試各种咖哩時，大王總是忠於炒飯，讓我一度以為他只是陪我去思鄉而已，而不是真的也想吃亞洲菜…

中國菜到了別的國家也是會改變的。目前我吃過最難吃的中國炒飯是在荷蘭！（只談炒飯這項目喔）怎麼說呢？在荷蘭的中國炒飯乾而無味，而且挺硬的，我有些懷疑是一大早炒好一大鍋，一整天就這樣賣現成炒好的，而不是隨點才隨炒。

自從吃了美國的泰國炒飯，我自己也試圖要炒出好吃的炒飯，我發現有些烹飪能手說得不錯，炒飯要好吃，要用隔夜飯來炒！（而不要是新鮮剛煮好的）這可能是因為隔夜飯水氣較少，較能炒出爽利的口感，新鮮飯炒下去就顯得太濕軟了。

不用說，從此泰國菜又打敗了越南菜，成為我心中的第一名！而泰國的炒飯，則是第一名中的最高級品，連食神也豎起大姆指稱讚!!!

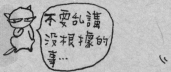

我自認為，我的胃永遠可以容下一盤泰國的炒飯！

本來,我以為我們只是剛好找到一家很會炒飯的泰國餐廳而已!但是,當我換了數家不同的泰國餐廳,都一樣炒出同樣好的炒飯時,我開始相信,這不只是偶然——泰國人真的很會炒飯!至少是在美國的泰國人!!

模擬想像

泰國同鄉會

異鄉太無聊了,同胞們,讓我們來把炒飯練成世界第一吧!!

好!

喔~~
好耶——

妳的想像力…還蠻幼稚的…

是嗎?任何人的成功應該都有原因的吧?

不是都該修得一番寒徹骨…

好吧,要不然就是泰國米生產過盛,大家只好日日吃炒飯,為了每日能下嚥同樣菜色,只好把飯愈炒愈好吃……這樣如何?有道理吧?
總之,下次去吃泰國菜時,不要忘了吳一盤炒飯試試,尤其若你來美國,任何食物都不服時…
(順便補充,泰國人不太會料理豬肉,不要吳豬肉口味的)

有個美國朋友向來喜愛吃泰國菜,有一次他終於要去泰國旅行了,他很興奮並期待「道地的泰國菜」——說到道地,總是會讓人覺得「應該會更好」才是。

可是我無情警告他,我說我個人並不喜歡道地泰國菜,酸中帶辣,有時吃起來還好像是一種「食物快酸掉壞掉」的感覺!可是呢,他當時可能覺得我是運氣不佳,沒有選到好餐廳。

他從泰國回來後,迫不及待地告訴我「妳說的真對!」,他果然也不喜歡真正的泰國菜。

台灣大概因為吃很多豬肉,所以我們的豬肉料理得都很不錯!因此就很難想像怎麼會有人把豬肉煮得很難吃!
不只在美國的泰國餐廳煮不好,偷偷地說,其實瑪優也不太會煮豬肉,她一般就是以煮牛肉的方式依樣畫葫蘆,可是豬肉不能沒熟啊・・・瑪優!雖然我是不敢抱怨地吃下去了・・・

妙手回春

荷蘭行之一

小朋友長大的特徵之一是——他們漸漸不再需要大人時時刻刻的造顧和關愛……

這次在荷蘭

而且,除了去玩具店買玩具之外,他們幾乎哪兒都不想去!一直陪著在家的我們,也只好開始四处研討瑪优的房子……

這個小男生小女生面對面親吻的肖像是荷蘭常見的圖或人偶,很多荷蘭的紀念禮品都有這對小朋友的蹤影,我以前就看過許多它的商品,但是,有一次竟然發現他們兩小無猜被設計貼在自動門上!自動門一打開,他兩就分離,一關上,他們就親吻,實在真是擺用得太好了!

可是呢，窗簾算什麼？嚴格說來，也只不過是兩片大布而已，我很快完成後，又進入失落狀態……

我這个冰箱的門也不知怎麼回事，一打開就有噪音，有夠惱人……

你有空幫我看一下吧？

← 歐洲人都把冰箱藏在櫃子裡。
（二者合体，外觀看起來像櫃子）

我來修!!
我來修!!!
交給我就对了!!!

Z…

当然啦，冰箱其實很重，最主要拆卸的部份还是大王幫忙的，可是呢！若不是我真的無聊到發慌，拼命逼迫慢郎中的大王，瑪優的冰箱应該也不会这么立刻就地解決！

謝之妳
我來幫妳煮晚餐吗

妳不吃牛肉，豬肉ok嗎？

單親媽々
心花怒放

在哪·謝什我啦！
我又是無聊
真的!!

豬肉ok……

还有什麼事，盡量
交代!!!

真的嗎？

經常我總是會為了我家的螞蟻煩惱不已，因為，如果我家沒有螞蟻問題，我實在是很享受東西放在桌上慢慢吃，或吃完了也不急著立刻收拾！但是因為螞蟻動作很快，我若食物放在桌上太久，馬上會被螞蟻軍團嚇壞！

在我一直苦於螞蟻問題時，瑪優說她家有老鼠！！！她曾經積極抓鼠，竟然一個晚上就能抓到十幾隻！！而且正當她以為已經趕盡殺絕了，老鼠晚上還跑到她臥房亂竄！

聽到她那樣說，我和大王突然間覺得很幸運！螞蟻？算什麼啊···

這件裙子是我最愛的裙子，但是開叉的地方裂開了！

有辦法救嗎？需不需要縫紉機？

交給我吧！！

不用！我這次用手縫！

◎手縫除了外表看會比較自然之外(不會有明顯的車補痕跡)，但最重要的！它比較耗時！！！

結果，儘管我几乎用超專業的綉補方式來做細工修補，仍然还是女花了二个小時就完成了！瑪優高興得眼睛閃閃星光，卻也想不出还有什麽可以讓我做的了……

但是，這怎麽能难倒我這个四处找碴的審察員呢？瑪优家有一个單人沙發，多年來只要一坐上去，就会發出輕膠袋的怪聲……我趁大家曲不注意掀開椅套來看了，原來，有一根彈簧似乎斷裂，一頭伸曲刺出椅面來，而瑪优竟用化妝棉鋪在外面，再用大膠帶固定住化妝棉！！！不用說，好不容易又找到事做的我，偷偷摸摸把它修補好了(也不知道人家願不願意，只好偷修)……

最後的最後，我还修了庭院的門的卡鎖，然後就真的再也找不到事做了……

瑪優家的庭院。
實在是很舒爽整齊。
不過，她可不是個勤快整齊的人啊！她的冰箱磁鐵中還有一塊寫著下面詞句：
「一個整潔的家，是浪費生命的徵兆。」

只是，做園藝是她的興趣！

愛傳就曾對她說：
「媽媽，你不知道人生的樂趣在哪裡！你不懂得享受，你只會種花澆水。」

從 odd molly 開始

荷蘭行之二

人大概總是很難完全根絕自己曾經接觸過的老本行吧！通常只要我有時間上網,我都一定会花一些時間去看一些和設計相關的布落格,這樣的習慣下,我得知了一个瑞典的服裝品牌,叫做 odd Molly（怪毛莉）,並且很喜欢……

現在我知道了,根本不是瑪優不會幫忙或不想幫忙,是大王的個性不喜歡麻煩別人。其實這樣很好,我也不太愛麻煩別人,不過,我的範圍比較寬鬆,我認為問別人、請人幫忙打個電話,這類事情不是太為難的,我就會麻煩別人,但是超過「可能有點為難」的（例如請人先幫忙墊錢買東西,向人借錢等）,我就不願意麻煩他人了。

這次去荷蘭,我一定要逛 odd Molly 的衣服啦

好呀,反正我們遲該会找一天去阿姆斯特丹逛…

不過,你的衣服還不夠多嗎?…

所以出國前,我已經在網路上把 odd Molly 荷蘭的代理商地址電話都抄下來了,一直希望大王能請瑪优幫我打電話去問代理商,阿姆斯特丹的何处有店?

不用叫瑪优哦,我会說荷蘭語呀…

我再找時間幫你打…

我皆用這种無聊的事煩瑪优,会被殺…

……

还不如叫愛伶打…你那种荷語能信任嗎?

我和瑪優確實是從 odd molly
事件開始好起來的，因為在那
之前，雖然我也有釋出善意，
可是基本上我兩還是屬於相敬
如冰的感覺，我如果為她做了
什麼，那也只是我覺得我舉手
之勞能做的，我也會請大王不
要提，因為我實在不喜歡太偽
善的感覺。

她也同樣和我有距離，我們彼
此為了兩個孩子都不會擺臉色
，但也不是那種會故意在他們
面前裝得感情很好的樣子。

直到她為我找了 odd molly 的資
料，這才算是第一次她明顯地
針對我釋出善意，所以我也就
更受鼓舞地和她展開情誼！

後來比較熟了後，沒想到竟然
聽她說：
「其實亞洲人很令人害怕啊！
我也不知道你們有些什麼規則
或生活習俗，我常常很怕不小
心冒犯你們而不自知‧‧‧」

天啊！這不正就是我對西方人
因為不知而產生的害怕嗎！‧
‧‧沒想到他們也會怕我們啊
！

PS‧
RISE ABOVE 正是
ODD MOLLY 的衣服，
我們真的「克服」了一段呢！

可能是我電話抄錯，所以沒打通，大王用瑪優的電腦上網，再查了一次，但用完電腦卻沒把網頁關掉，結果，等我們和兒子們短暫出門再回到家時，客廳餐桌上已經躺好數張列印出來的資料了，包括odd Molly在鹿阿姆斯特丹的店的地址和地圖，還有P+R的資料（Park & Ride 是一种因市區交通不易的系統，可以將車子開到阿姆斯特丹外圍的數個停車場之一，再領免費車票搭接泊電車進入市中心）。

話說大王的媽媽不但不可能見麗芙（爸之現任太太），打從20年前父母離異後，我婆婆連我公公都不想見，除了我小姑結婚那天不得已地碰面之外，平常大王和我小姑要和父母相聚，一定是要事先詳細規劃如何錯開的⋯⋯

我印象中，沒有一次到荷蘭我牙痛又爆發的，所以儘管我這九年來刷牙刷得特別認真，牙線、牙籤、漱口水全備齊，這次仍又是沒破例地牙痛了！！

這篇寫出後，有些人驚問：
雙氧水（過氧化氫）能拿來漱口嗎？

所以我要把標籤掃描出來說明一下，
雙氧水只是過氧化氫的產品的一種，
過氧化氫的濃度不同就會形成不同的
產品！所以過氧化氫可以是雙氧水，
也可以是漂白劑，是要取決於它的濃
度是幾％！

這裡的過氧化氫是只有３％而已，比
市售雙氧水淡很多，更何況要用於漱
口還要再與水對半稀釋！

而且這標籤確實有說可以用於漱口，
所以它不是雙氧水啦・・・而是一種
家用抗菌消炎水。急救護理用抗菌劑
口腔清潔（消炎）劑

過氧化氫 3%

Drug Facts	
Active ingredient	**Purpose**
Hydrogen peroxide 3%..........	first aid antiseptic/oral debriding agent
Uses first aid to help prevent the risk of infection in minor cuts, scrapes and burns • aids in the removal of phlegm, mucous, or other secretions associated with occasional sore mouth	
Warnings	
For external use only.	
Do not use • in the eyes or apply over large areas of the body • longer than one week • on deep or puncture wounds, animal bites, or on serious burns.	
Ask a doctor before use if you have • deep or puncture wounds, animal bites or serious burns	
Stop use and ask a doctor if • the condition persists or gets worse • sore mouth symptoms do not improve in 7 days • irritation, pain or redness persists or worsens • swelling, rash or fever develops	
Keep out of reach of children. If swallowed get medical help or contact a Poison Control Center right away.	

Drug Facts (continued)	
Directions	
first aid antiseptic: • clean affected area • apply small amount of product on affected area 1-3 times a day • may be covered with a sterile bandage • if bandaged, let dry first	oral debriding agent (oral rinse): • adults and children 2 years of age and over: • mix with an equal amount of water • swish around in the mouth over affected area for at least 1 minute and then spit out • use up to 4 times daily after meals and at the time or as directed by a dentist or doctor
• children under 12 years should be supervised in the use of this product • children under 2 years of age: consult a dentist or doctor	
Other information Keep tightly closed and in a dark place at a controlled room temperature. Do not shake bottle. Hold away from face when opening.	
Inactive ingredient purified water	

口腔清潔消炎劑（漱口）：
・成人和兩歲以上小孩。
・和等量的水混合。
・在嘴內受感染的地方清漱至少一分
　鐘，然後吐掉。
・每日可漱達四次，於每餐飯後和醫
　生或牙醫所指定的時間。

神奇地，我竟漱一次口就立刻回魂！並當下決心回美
國後要買个100瓶！

註：此物英文名字是hydrogen peroxide
（3%），使用說明有說，要用等量的水
稀釋使用，我当時根本沒空看說
明，完全沒稀釋就漱了……

一向不敢輕易煩擾瑪优的大王，因為原本停車的車庫
老闆說要退休不做了，所以大王也在四处找新的車
庫

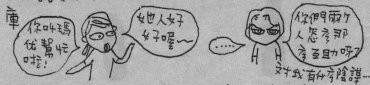

結果自己到处打聽車庫的大王，每一聽到報價就打
退堂鼓了，最後仍然是瑪优出場，幫他找到一家超
值得的車庫，而且还很靠近机場（便利每次停領車）
……瑪优真是此次荷蘭行的好天使！

遊樂園2大驚奇

荷蘭行之⑧

終於，兩ケ小朋友像同情大人似的，也有答应和我們去遊樂園玩的時候！

瑪優和我們說了個孩子的小故事。

有一天她載著愛傳托比經過一條林蔭小道，托比說：「好浪漫喔！」

瑪優嚇了一跳，就問托比，「你知道什麼是『浪漫』嗎？」

托比回答：
「浪漫就是和喜歡的人在一起，點上蠟燭。」
但是愛傳不同意，愛傳說：
「浪漫是和喜歡的人在一起，吹熄蠟燭。」

雖然我們都知道愛傳是故意唱反調，可是實在是很超齡巧妙的回答・・・

荷蘭，可真是奇怪的地方！看著一片遠方有帆船的水域，我們以為小孩应該只能在離岸邊沒多遠，「不高過膝蓋」的地方，哪知，兩ケ小朋友愈走愈遠，像表演武俠片的水上飄一樣，「走在好遠的水上」！！

這些人很会假仙!!

遠遠

這是怎麼回事?那麼遠了,水还没及膝?

被騙了!!這海灘水很淺……

托比、愛仔——不要走太遠……

可是水还没到膝蓋呀!

爸……

就是這樣,我和大王又上了天然的一課!荷蘭人填海爭地可並不是毫無理由的!如果有很長很大一片的淺灘,不填來利用也很浪費!!

　遊樂園是家人的聚集地,在這裡几乎都是父母一起帶著小朋友來的地方,通常也很容易看到不同的父母不同的帶孩子的方式,所以來這种地方我也不会覺得無聊,因為有很多漏網鏡頭可看!……

突然進入眼簾!

嘿~

點心時間

這是誰家的小孩呀?怎麼長得這麼怪……

又不像西仔,也不像東仔……

我豆眼一掃,很快就發現用餐區除了我和大王之外,还有一對東方人和西方人的夫妻,和我們不同的是,他們的小朋友是正港的混血兒,而我突然見到的那怪々的小朋友正是他們的兒子!

我以前有幾個工作上的好朋友,是那種後來大家都離職了,但仍然保持聯絡相約的親密情誼。

那幾年變化很大,正是大家轉入結婚生子的年紀,有一天大家約出來喝茶閒聊八卦,甲女帶著她大約三、四歲的女兒一起來,那時乙女和我也都結婚了,但還沒生孩子。

怎麼說呢?我覺得還沒生過小孩的女人就是少根筋!尤其,我和乙女不巧都是嘴很闊毫無遮攔的射手座,不知話題爲何突然轉到甲女的女兒身上,我和乙女竟然誠實直言她女兒長得不可愛!甲女立刻不是很高興,眼睛裡甚至有一絲受傷神情閃過,她爲女兒說話辯護,但我和乙女就是不解,不好看就是不好看,有什麼困難辨認的?其實當時我們兩都不是很喜歡甲女的老公,總覺得他利用了甲女的善良溫和可欺去守家,卻老是一個人背著她混夜店!當我們說她女兒

（接下頁）

不可愛，其實怪的的甲女的先生的不良基因，也許我們不知道該如何為朋友抱不平，也許我們只是要表達「她嫁的人不值得」，可是我們用了最糟最糟的地獄方式！

現在想來，這是何其殘忍！！我們傷了一個媽媽的心！

也是這麼多年後我才了解，對一個女性來說，小孩是母親不可分離的一部分，是她的肉她的血，但是老公卻是可以不要的，是可以放棄的。比起我們批評她無辜的女兒，還不如直說她丈夫的討人厭就好···

更何況，我們根本一開始就不該管人家的家務事，不該管人家的選擇，不管是如何親近的好友！不管你多為她著想或擔心，不關你的事、不關你的人生的，請在背後支持就好，不要干涉···這才是一個好朋友能做的最佳關懷。

無知，有時真是很殘忍的。

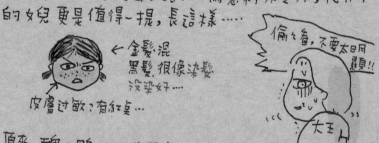

英文呀！英文！

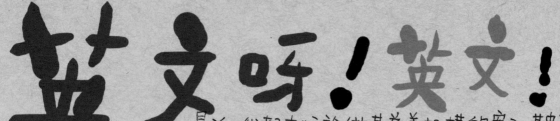

最近，我都在忙於做某慈善机構的案子，其中有他們要贈給善心人士的贈品杯子，我呢，当然就是要把杯子所印的図案画出來……

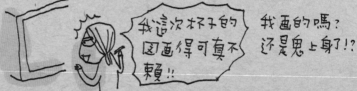

我這次杯子的図画得可真不賴!!

我画的嗎？还是鬼上身了!?

因為杯子画得自己也滿意，所以也希望將來的使用者不会因為杯上有標語或字樣而覺得有使用上的限制。

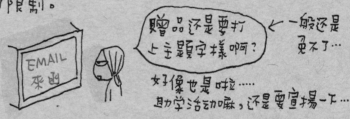

EMAIL 來的

贈品还是要打上主題字樣啊？

← 一般还是免不了…

好像也是啦……助学活动嘛，还是要宣揚一下…

說到有關英文不好的相關趣味電影，我就會想起義大利演員 Roberto Benigni（羅伯托貝里尼），我第一次看到這個演員而且有留下印象，其實是在 Down by law這部電影中，當時因為我很喜歡湯姆等一等（Tom Waits），所以不只聽他的歌，連他演過的幾部電影都找來看，是因為湯姆衛茲我才注意到羅伯托貝里尼的，因為他在 Down by law 裡實在是又好笑又樂觀！他說的破英文尤其好笑（劇中他飾演一個英文不好的囚犯）！

（接下頁）

這次的活动有个標題是「知識是孩子未來飛行的力量」，我因為極力想增加贈品的质質感，引誘更多「没想過可以做善事的人」來參與，就像我自己曾為了贈品而購買過不很需要的主商品，所以我真的相信好的贈品是有实際誘人的效果的！綜合以上，最後我決定把這个標題改成英文字句，放在杯子図案中！（註：杯子另附卡片，卡片上就仍有中文活动簡召和標題。）

然後我又看了他們兩位也都有演的 Coffee and Cigarettes，後來又找到了羅伯托貝里尼有演的 Night on earth（他演羅馬的計程車司機，是用義大利母語演出，但是內容還是笑到我不支倒地），嚴格說起來，這幾部電影在台灣都不常見，算小眾吧。

我走相反路徑・・・我是喜歡了羅伯托貝里尼之後，才發現「美麗人生」是他演的他導的！很久以前也看過這部得獎好片，但是當時對他並沒有留下深刻印象，主要原因是，我當時英文不好，我沒能察覺他說話（英文）的趣味感，再者就是，純粹論劇情而言，我覺得太感傷動人之中，好像也有點太過煽情？

但是，當我前一陣子重看美麗人生之後，感覺又不一樣了！他在劇中故意錯誤翻譯官員的規定命令給兒子聽時，感覺已經不再造作，因為他的身分本來就不是德國人，所以劇情上故意製造語言的亂翻，已經不再成為很刻意的事，而且因為他的英文不夠完美，其實笑料比第一次看時多很多！

這還是一部很好的電影，是我以前沒能體會到。

問題是，「知識是孩子未來飛行的力量」英文要怎麼寫？

冷靜！一
冷靜！一

好了我住美國也好九年了，這該可以翻得出・・・

樂觀是最佳的代表！

但不是才能・・・

我的第一句子是這樣的：

The power of knowledge flies children to the future.
（知識的力量飛孩子去未來）

我好大膽吧？竟敢如此自曝缺點！！所以，要趕快說些自己的好話！

首先，我意識到「未來」，本質上未來並不是可以前去的，它是自然成長而隨著時間而到的，所以這裡這樣說，實在不合邏輯！一個小孩即便沒知識，一樣到得了未來！所以我第二句改了：

Knowledge flies children to their future.
（知識飛孩子去他們的未來）

他們的未來 和 未來畢竟是不一樣，我覺得有高明一些，但，「知識飛他們去」實在讓我良心不安！怎樣看也不像是對的英文！而且，這裡少了「力量」，不太好！！

第三句：

Children fly to their future by powered knowledge.

不必再廢話！我瘋了——什麼叫 powered knowledge 呀！？
我可以直接投尼羅河自殺了！

最後一試：

Knowledge is the power children fly to their future.

請別笑得太亂顫，我當時真的覺得這句应該八九不離十了，當然，一點謙虛我也還有，我耐心等老公回家確認. 我的優・・・・・

明信片的背後設計成迷宮圖樣，兩個胸章的圖案—分別是小女孩（要找到）她的小熊，兩個胸章是故意作成像青花陶瓷的質感，至於迷宮本身則是寫信息的「活潑格式」‧‧‧

可不是嗎？若不是我所能表達的最佳句子，我还会寫出來嗎？除此之外，我說 powered knowledge 那類的，難道你就反而会更明白嘛？‧‧‧（悲從中來）

我还有另一个优点是，我不放棄。

我又寫了兩个句子：

The plane flies to its destination.（飛机飛向其目的地）
The plane is powered by petrol.（汽油給飛机能量）

我要大王把這兩句合成一句話，並盡可能簡單。

大王於是寫下：

Petrol powers the plane to its destination.

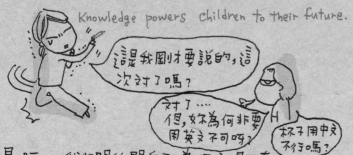

Knowledge powers children to their future.

是呵‧‧‧我也開始問自己，為何就是不直接用中文呢？还有，我的英文什么時候才要脫離搞笑呀？

杯子　長這樣‧‧‧

前塵舊事。

我自己的車目前出過最大的問題是：加油的蓋子打不開！！

這個問題聽起來好像很小、很可笑，可是，車子如果不能加油，管你是性能多好也無法用！所以它也可以說是個最基本的大問題！

啊 我鎖那麼緊是要幹麻——！！

看吧！每次車子借你後就是會出問題！！

後來我們特地送去修車行，修車行聽我說原本的蓋子不要了（還是換個好扭開的就好！不然這類小事再次發生的話，很煩），大刀一剪，就把舊的剪掉了，也不必試圖去打開，真是乾脆！當然他們有幫我新裝一個陽春型好開的。

自從大王在荷蘭的車庫 兼修車廠 老闆說要退休後，除了另外找到停車處之外（在瑪优幫忙之下），大王也積極地自認為他可以当黑手！

受不了一直要依賴他人了！！

求人不如求己！我要自己維修車子！！

我們立刻去買書！！

⊙修車的書。

如果你非要自己DIY不可，買書也要回美國買呀！

荷蘭文你又不真懂！

修車？我真的想都不敢想，我承認，大王對汽車比我有想死念，但是，就像一个美食品鑑家一樣，知道一道菜好吃、做起來很費功夫，和自己有能力煮得出來，是兩件事！更何況平常在家，大王連電線短路這种小事都不會處理了！所以我真心希望他回美後，忘掉前塵往事，努力做一个不知世事的大王就好，不要白花那些錢，还仍得繼續花維修保養費……

我找到書了，伊貝有賣

你幫我下標！

←列印資料。

……

好吧…既然施主紅塵未了。

說到車，我有沒有說自己最大的常識是「四輪的就叫車」？所以別說廠牌、系列或型號了！既然大王已經找到書，我照買也就是！不知所以之下，我和一些人競標著一本我完全不知道的書…

買到了喔，還是比原價便宜！！

太好了！！雖然和我的型號不一樣，但相同的地方很多！！

我以為，這件事已經處理完畢，所以安心地過著我無辜良善的村婦生活，沒想到才隔三天……

BMW 7系列

這一本！！這一本才是我真正要的！！

你在胡說什麼呀？不是幫你買了？！同一本呀！！

而且這本比較貴！！

類人猿和恐龍吵了半天，誰也聽不懂誰，終於在類似神話故事中，我理解了原來七系列才是正解，五系列只是安打！

你不要這樣誘我亂買呀！！一開始就該說清楚嘛！！

別浪費我的錢！！

明天又要買九系列嗎？

好你怎麼那麼小氣呀？一个王怎能沒有全套？

結果不出我所料，書都買全了，大王一樣照樣只能把車子送去給他人保養維修，因為每次有問題的都很攸關安全，例如煞車之類的，那種東西不但我不放心讓大王自搞，大王自己也覺得不該自己亂來，拿生命開玩笑・・・

可是一般他認為可以自搞的部分，又沒出毛病・・・但我們還是得每次去荷蘭就扛著這本特重的大書！為什麼不乾脆把書留在荷蘭？因為美國這裡也有一台ＢＭＷ！這台也得參考・・・

我為了不想多買錯誤的書,因此讓大王借用我的伊貝帳號,我要他找到正確無誤的書後,將之放入我帳號下的追蹤名單內,結果隔天我登入後嚇了一會跳,追蹤清單足足有七、八個之多!

看是沒關係,你沒給我亂買亂下單吧?

我不會有一大堆帳單等著付吧?

沒有…我並不知道究竟如何在伊貝買東西?

看起來很複雜…

还好!嬌貴的人懶得研究,終於沒讓我把整套BMW系列搬回家!我也同時決定,求人不如求己,和大王把他那輛車的資料打聽清楚後,我買了正確型号和年份的一本!

我覺得,你雖然很小鼻子小眼睛,但是真的很會研究吧…

又要你真心想要做的話:

那當然!!達到目標又省錢,是很重要的事!!

很好!

BMW 7系列

這本書有空好好研究,好手又巧,很會DIY,一定修車也難不倒你!

不要吃人夠夠……公

說起來也真好笑,大王和瑪優都是那種完全沒耐心讀解釋說明書的人,其實我也是沒耐心,但是,如果買了一樣設備或機器,卻沒有搞懂它的特殊貼心功能,我會覺得很沒有充分利用到!
再加上我幫手機寫過一陣子文章,有些功能真的是要有讀說明書才會發現!而這些功能幾乎都是那種會令人訝異的貼心小功能。是因為這樣我才漸漸比較願意研究說明書的。

但也因為我比較有耐心讀說明書,現在每次去荷蘭,若是有買了新的機器(尤其是為了小朋友的),都是我這個英文程度最差的一個人在研究如何使用!我有時覺得這也太誇張吧!還有瑪優和大王都聽我說過電腦連線視訊有多好用,他們兩也都很想用(這樣小朋友就能和爸爸視訊了),結果兩個人都網路攝影機裝不起來!有沒有搞錯啊!?虧你們兩人都做軟體的!也太沒有一點耐心了吧!

芭蕾課 壹 麵線

生活中有許多不是很即刻須要處理的，卻又在那裡鬧鬼地，在你不注意時，啃你一口安寧的心……

我的藝術拉門之一。

我們家已經像工寮很久了…

哎──每次猛一看到，都好像當上了幫幫主喔……

這幾天我經常把窗開一個縫，所以就引得YOYO很想挑戰！但是那扇窗很重，我還是不覺得他有那個蠻力去打得更開。

結果他是沒有蠻力去打開，但是有一天我也發現，小頭小臉的他把頭弄出去了，但身體太胖出不去，所以卡在那裡動彈不得‧‧‧

自從養了YOYO之後，因為他是超級探險家，不但早已學會自己開門，最近還積極練功想要自己開貓食，我的名畫掛毯藝術拉門從他來的那天起，就被報紙取代了！我必須用報紙裹在拉門外面，才能預防YOYO的指染（磨爪子），好一陣子的維持現狀．相安無事的快樂時光也過了，隨著YOYO的壯大，報紙也改為高級紙箱的防禦度，但後來，連紙箱都不夠力了，在我的抓狂下，紙箱公司道歉該產品設計不良，完全和質料無關……

以上當然是胡說的…

是人自己活該嘛！沒事幹麻養貓或生孩子…

在美國住了這麼久之後，我最感到如魚得水的是，很多你想像得到或想像不到的工具或材料，這裡都有，對於像我這麼愛ＤＩＹ的人來說，這真是個很棒的ＤＩＹ環境。

我開始找透明壓克力板時，原本以為會不好找，尤其是像人那麼高的大尺寸的，即使找到了，可能也不方便運送！結果還真是相當好找！而且我們這裡就有一家實體商店，不必在網頁上看著照片看起來都一樣的透明壓克力板痴呆茫然著！

我去了那家店以後更是大驚喜，各式各樣各種厚薄尺寸軟硬度全都具備，所以我比想像中更順利地添加了一個壓克力護片！

我買了一種很薄卻硬挺的壓克力片，連拉門木板框都不必拆，就能直接從縫隙裡推卡進去，本來這樣做只是暫時阻擋保護之計而已，但是完成之後卻覺得也不必再變動了，那樣就很完美專業了。

那個店裡也不只賣壓克力板，還有許多壓克力製品也讓我很喜愛，尤其是一種復古糖果櫃，很像小時候的甘仔店賣糖果的一格一格的玻璃櫃。

我，不能再存僥倖心態了！原本已經在網路上物色好了
一片壓克力板，現在也等不下去了！遠水已救不了近火，
我決定去家裡附近的一家商店買透明塑膠片，
是那种軟到可以捲起來，但硬到手撕不破的
片膠片……

我來開店了…
客人要吃啥？…

YOYO!!! 走開!!!

我也來
幫忙吧…
麵線很容易做說…

MANY!
你這喪失
理想
的叛徒!!

在雨敵夾攻下，我很慶幸總算還是
把塑片膠片弄上去了！雖然稱不上完美，也不是可以久
安之計，但，暫時再擋個一陣子是沒問題了！

还不錯呀！
你說這幅画
是什麼來着？

嗯…現在是寶加
的芭蕾課賣麵線
了…

阻隔貓爪很有效！

（和以前看起來好像也沒啥不同？···）

倩女幽魂

小倩來我家期間，我感覺最好笑的一件事是她的襪子···

因為現在都流行淺口鞋，照理來說，穿這種鞋就不需穿襪子了，可是西雅圖天氣冷，在室內沒穿鞋而不穿襪子好像有點太冰涼，所以我當然有提醒她要帶幾雙襪子在家室內穿。她的襪子都有點花色圖樣，有時候我們急著出去，或是臨時去家裡附近吃個飯，沒想太多就會直接襪子套上鞋出去了，有幾次出門後她會突然說：「天啊！我的襪子實在太可笑了！」我每次低頭去看確實也覺得很好笑！可是也是會安慰她：如果她沒有提起，我是不會注意到的。她通常也就是會算了，實在是很好相處。可是她的襪子確實讓我印象深刻···

極有可能，過去，我都很実在地寫出自己如何惡劣待客，而絕反而給人一種童叟無欺的誠實形象吧？結果可能造成他人更美好的幻想，以為真實情況一定比我所説的更好100倍，所以，這次，我決定選用「高級」、「豪華」來形容這次的招待客。

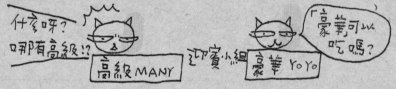

小倩是一位忠實多年的香港讀友，而且，儘管我好言相勸，她仍然还是經常送小禮物給我，所以當她説正好有几天假期可以來拜訪我，我拿人手短的也只好答应了……

不過，我可不是那麼刁難的人，我立下的規定也真是少得可以，其中只不过包括她不可以帶私人室內鞋；不可以不抽我家高級的二手煙；不可以不敬大王；还有，沒事不要去淋雨，西雅圖沒什麼好看的！还有…… 还有……

小倩終於人來了……

小倩和我

血拼魔

（照片：小倩提供。）

當然，我沒叫她煮飯給我吃，就已經是超級慈悲的了，我当然更不可能煮飯給她吃！

我也沒操勞她太多，所以讓她豪華地在家看DVD看了好几天！而且DVD还是她自己帶來的……

怎麼說遠來也是客嘛，西雅圖有兩大地標也該也是非看不可的，太空針塔和 派克市場……

太空針塔我上去几次了，我不想再上去，你要去就自己去，別客氣喔…

但是今天天氣陰陰的，我看你就算上去，也看不到什麼景…

那，我還是不上去了…

針塔

我真是好心，特別提醒星妳別白花錢…

派克市場

PIKE PLACE MARKET

我那停車位不能停太久，趕快走馬看花看一下就好

好—

＊結果大概只逛了20分而已!!

小倩的高級豪華行程，坦白說，就大約是這樣了！我想若西雅圖有什麼讓她特別值得回憶的，大概也只有MANY吧！(我的貓)因為MANY愛上她了，每天晚上都花她門外唱情歌……

失眠

小倩讓我進去呀 喵嗚

小倩和ＭＡＮＹ

照片：小倩提供。

小倩又和ＭＡＮＹ

照片：小倩攝影。

（ＭＡＮＹ真是個金魚佬啊···）

流行。

我出生以來第一個記憶中的流行（我媽年輕的時代）——厚底矮子樂高跟涼鞋、緊臀中腰喇叭褲、合身襯衫的下擺在胸部下方打結，露出胸下腰上之間。

然後我少女時期初期是流行落肩袖、寬大的上衣，ＡＢ褲（就是現在的窄管褲，但是是中腰，而且褲口更縮些），少女時期後期就已經開始流行踩腳褲了；青年時期初先是流行了一陣子寬口褲，走起路來越寬越飄搖越好，有時也配上高腰，接下去跟著非常流行立體剪裁式的打板製衣，設計師們開始在立體的身上抓出許多不可思議的皺摺，在皺摺掩藏之下，褲子或裙子變得難以分辨，腰越來越高；這樣一緊一寬的流行之後，又回復正常寬鬆度好一陣子，到了我的而立之年左右，小喇叭來了，合身的上衣也逐漸再回來，後來，小喇叭並沒退燒，只是變成低腰的廣泛流行！同時，娃娃裝也廣大流行著，並且延燒至今，然後就是現在，低腰窄管褲來了，然而聽說高腰的下身已經在後面排著蠢動。

年輕的你，是否曾經疑惑過，隔壁的大嬸，甚至自己的媽，為什麼終於成為一个不再唱最新流行歌、總是燙捲髮、不再注重流行的 歐族 人了（歐吉桑.歐巴桑）？

我終於也到了可以回答自己年輕時的疑惑的年紀了！

還記得低腰小喇叭褲剛開始流行之初：

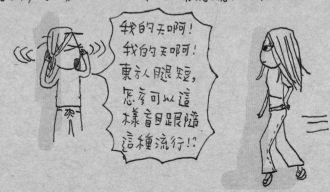

也不必活一輩子，短短半生就已能遇上流行的再回來！喇叭褲是我媽的流行，可是我也遇上了，寬管或窄管，高腰或低腰，我的感覺也是來來去去物極必再反，所以既然低腰已經流行那麼久了，立刻再轉成高腰反攻，也不讓人訝異。只是像我這樣都經過這些花樣後，確實會因為以前一度覺得土的東西現在又是流行好看，而有點難以轉換心境！當然也就會覺得，流行已經沒有太跟隨的必要・・・

但，我也不想讓年輕人覺得我老土，所以大概就是消極地參考著吧。

我忘了說，我青年初期也流行一陣子寬大墊肩！每件外套穿起來必要像美式橄欖球員！這即使到現在看來都還會覺得好笑吧？但是，等到它再回來時，我們再來一起感嘆但接受・・・

總是不服老的我，經過一番心理理自我建設，也終於是接受了⋯⋯

解放

其實，也挺不錯的，肚子肥肉不会擠在腰圍裡，也挺舒適的⋯⋯

但衣服一定要遮小腹的！

流行的腳步總是很快！轉眼間，喇叭已經收起，現在又改吹笛簫了⋯⋯

不行!! 我不会走路了!!

要跌倒了⋯⋯要跌倒了⋯

← 窄管褲。

← 鞋子浮到快要直接露腳趾了!!

接受，已經比以前需求更多的時間，然而，更難跨躍的心態是，以前已經認定是退流行、老土的東西，几十年後又捲土重來，年少的你也許是第一次面對，能夠輕易接受，敗族人的我，卻是茫然到不知所以⋯⋯

到底是怎樣呀!? 曾經恥笑過的緊身褲，現在又要成主流了！我已經太茫然！不知所以了呀～

以為只有阿媽会穿的，現在大家都在穿!! 那阿媽要穿什麼!?

曾經覺得淺面鞋穿起來像香蹄扮美姑娘，現在卻又香蹄滿街跑…

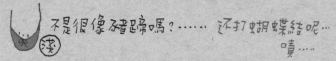

不是很像香蹄嗎？…… 还打蝴蝶結呢…嘖…
淺

还有，当然流行对上了年紀的人也愈來愈「没道理」!!!

毛料喔.

外套做七分袖!? 有没有搞錯呀!???
还抽荷葉! 冷風不都直灌而入了嗎!?!

我無法　也無法　愛上誰
只是看著　盼望著　oh~~　去愛誰
天無法告訴我　稀釋了痛的感覺
只能這樣　讓…

怎麼為情苦了100年也還不結束呀……

到了這种地步，我也不得不說，不是欧族人不注重流行，而是懶得搞重覆了吧？我們已經能輕鬆地喝杯老人茶，看著兒女看書，慶幸著自己明天不用考試! 這是多少年的媳婦熬成婆呀! 又何必非要再嚐一次年輕苦澀的滋味?

还不趕快去讀書，明天不用考試了嗎?!

發什麼瘋呀？
人類…

大王因為也沒多少衣服，所以他的舊衣我也都沒有丟掉（一方面，那也不是我的衣服，我也不知哪些有紀念性的？不好亂丟），前幾天他自己翻出一件「年輕時的緊身牛仔褲」，隔天就穿著去上班了，接下來兩天也都穿它。

我笑著說：「你可真流行啊！」
（我自己雖然有買新的緊身窄管褲，可是總是想趁著低腰小喇叭還沒完全退去前，再好好貪圖舒適一陣，緊身褲真的有點太緊…）

他自己看了看，回答說：「真的耶！這大概是我第一次這麼時髦！比你還時髦！你實在太老土了啦」。

我的大門正中央也補上一張謝絕推銷了，這一回總不能再裝瞎沒看見吧？

今天一早醒來，我就精神百倍地做DIY！做什麼呢？再做一个「十分仔細説明」的拒絕推銷的「精美告示牌」—高档之至！

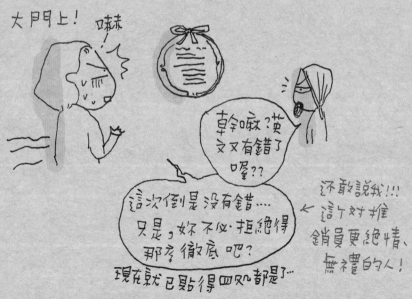

← 藍色稻草虫胡蝶結。

← 木頭底板

─ 詳細、仔細的拒絕內文。

← 还画了纹花！

精美呀！
快樂呀！

最後的最後，还噴了透明保護漆！而且还做了兩個！一个掛在屋外樓梯入口處，一個掛在大門上！

嚇

幹嘛？英文又有錯了喔??

這次倒是沒有錯……只是，妳不必·拒絕得那麼徹底吧？

現在就已貼得四处都是了…

还敢説我!!!
← 這个对推銷員更絕情、無禮的人！

大王不提還好，一提，就只得聽我話說從頭了！平日那些裝目睹也要來推銷的人之中，我最怕的就是勸募的，那類型的人來按門鈴，几乎總是有求必應……

太太，請幫助這些兒童……

你瞎了……

兒童？？好，好，

多少錢夠？

每年十月份一整个月，在美國是乳癌宣導月，也因此，很多大型超市從九月下旬就開始，說是会在客人結帳時会問：「你願意捐×元給乳癌××机構嗎？」雖然，每一次的捐款要的並不多，但是，一个半月的期間，你去買菜多少次，就会被問多少次，而我向來也沒有那個嘴巴說不！一點一滴，年復一年，我相信我在慈善方面也算很支持了。(以我自己的能力而言)

然而，前幾天我看見了一則台灣的新聞，內容是說一位在台美國人很不高兴台灣郵政擅自在他的私人信件信封上蓋「文聯宣傳」，他把個人權利說得我這个在美台灣人都要羞愧极了……好像我們台灣人多霸道，一點也不人權，而是极權，根本連人都不適當！我為了這條新聞暗々內傷了一天！覺得無可反駁……

悶……

誰呼？真煩…

叮咚！！

我寫了這一篇後，總覺得我的推銷員例子舉得不夠好，所幸，我有個加拿大讀友ＴＡＤＯ，她說加拿大每到聖誕節，郵局還不是一樣在大家的郵件上蓋著ＨＯＨＯＨＯ（聖誕老人的聲音）字樣，而且國際郵件也照蓋，也不是所有人都是基督教啊，所以聖誕並不是一個對大家都有意義的假期，那些非教徒的人又何必忍受ＨＯＨＯＨＯ？

我覺得她這個才是真的好例子！

那位美國人，又或是我們的媒體，實在不應該這樣不甘心台灣人想辦法出的一點聲音。

剛好在這時期，又來了一位為兒童募款的solicitor，不是絕對非要，但基於人道互助，一筆錢还是向我道別了！昨天也还去買菜呢！但因為已經正式進入十月乳癌月的高潮期，台詞已經改成：『你願意捐錢給乳癌××机構嗎？』如果你回答願意，下一个問題是：『請問你要捐多少？』（變成要自己說出一个金額來），絕的是，金額高全店店員為你欢呼，金額少，你就含着默么走人……

請問，

我個人的权利在哪裡？

可是妳可以說不呀…

我那No Solicitor的牌子都四处在貼了，這些人有真的在聽我說No嗎？

但是捐錢助人總是好事呀….不能相比.

台灣，有70%以上白的人等著全世界的善心相助，等著被當世界公民对待。怎么不能比？！哪裡比不上！？

我還是很願意人道幫助兒童或乳癌患者，但，我也要說一句實在話，「美國人！你家並沒有更尊重私人權利！」

北歐五國丹麥、挪威、芬蘭、瑞典、冰島全部總人口大約是 2400 萬；
台灣人口大約是 2300 萬。

說台灣人的權利，有北歐五國加起來那麼大也不誇張。
所以，為什麼台灣人總是要被聯合國或其它國際大組織屏除在外？
你能想像整個北歐五國都被聯合國排斥於外嗎？

也許我這麼說，人家會覺得我自大，要說比人口嗎？中國有 13 億！
是沒錯，中國有 13 億，可是中國的 13 億人又沒有被聯合國排擠在外。

恐怖主婦 輔導級

上個星期，我們家充滿了腐敗的臭味……

你是不是殺人了？我們家怎麼樣成這樣？？

嗅～～嗅

好像是吧……但我殺了誰呢？最近記性不太好……

YOYO，你沒有偷孝敬媽的老鼠之類的吧？

有那种好貨嗎？！在哪裡！？

咻。

一陣東翻西找後……凶手就是……

3D旋轉 →

什麼！？男主角是我！？

我会全力以赴的！！

拜託喔～也沒那庅恐怖啦！

我最近不是太喜悅‧‧‧
因為裝在廚房流理台的水槽孔內的碎食機壞了，所以現在開始家裡又有濕的垃圾了，不像以前那些菜渣果皮都可以推入水槽的孔裡，絞碎沖走，光是這一點就差很多！

而且我家水槽因為有裝碎食機，自然就沒有濾網之類的（因為不需要過濾什麼），自從碎食機壞了之後，我先是拿一個濾糖粉的小過篩網充當濾網，但是因為尺寸不合，還是常常不小心讓一些殘渣流入水管裡，所以又急急忙忙去買了一個真正的水槽濾網，雖然現在比較不需小心翼翼了，但是，水槽總是無法像以前那麼舒爽，垃圾也因為有濕物在裡面，特別容易出味道‧‧‧

死者是——香腸‧1歲‧德國籍‧

你為什麼把香腸丟在垃圾筒!?

吃不完又過期了啊，不丟垃圾筒要丟哪兒？

這種東西當然要去在冰箱啊啊!!! 你有沒有有常識啊!?

冰箱!?
台詞組的！錯得太離譜了吧!?

还說是常識!?!

沒有錯！在美國，垃圾車因為一星期只收一次垃圾，所以會腐敗的垃圾我都暫時收在冰箱，直到倒垃圾日才拿出來去！

此外，一個人沒事好端端地看什麼恐怖片？催吐嗎？當然不是！而是要向殺人魔學習処理生鮮肉品的方法！

那不是晚餐嗎？

妳不要把垃圾也丟進去一起煮!!!

又不会給你吃！等一下我就会挑出來呀!!

為什麼有些殺人魔会把屍体煮了？因為煮過的肉或骨，比較不会產生臭味，所以學我從魚肉類上切下的骨頭或不吃的部位，也一律煮過，以延長它發臭的時間！

這些都是家庭主婦持家良方呀！

食物和垃圾怎可如此緊密結合

我的生命受到威脅!!

少給我裝清高!!它們過期之前，烹煮之前也是食物！又不是垃圾!!

傑森！人家好怕喔⋯⋯

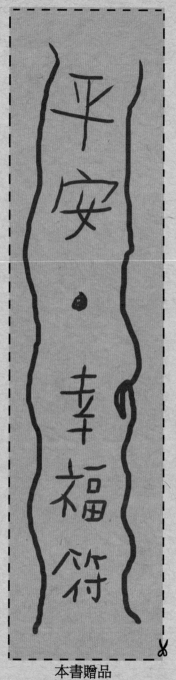

平安・幸福符

本書贈品
不得轉售

萬聖夜

萬聖夜是灰姑娘之夜，灰姑娘就是搭著四處可得的南瓜馬車去參加舞會的‧‧‧

以上是我胡說的。

在美國這麼多年，我覺得自己都沒有好好地享受過萬聖節的瘋狂！所以，今年萬聖節我特意地和老公約去外面吃飯，本想好好找一家餐廳，吃完飯來杯小酒，看大家奇奇怪怪的模樣，好好地欣賞取笑一番的，沒想到……

再給我三分鐘！快好了……

↑
十分鐘以前就這樣說了。

加回王旺！

蛤？

等待区

↑
最近新增的老人招式，一無聊就開始打盹起來。

等到大王終於把工作告一段落，我們的肚子早就餓到近水樓台了……

什麼萬聖節啊?! 儘管兩人的喜好不同步,但挑的根本都不是美國餐廳哪! 這樣哪看得見萬聖之夜的奇景?!

沒有萬聖節慶祝的墨西哥餐廳,酒足飯飽後悲從中來——

我們家糖果的生意經營得不是太好,可能是因為我們每年萬聖夜都放出一盆糖果後,人就躲出去,所以小孩也不食嚟來食,不喜歡吃自助餐···也有可能是萬聖夜在西雅圖經常是雨天。

總之,這一兩年來糖果幾乎都沒怎麼被碰過(虧我還替糖果搭遮雨帳棚呢),我每次都自己端回家慢慢吃,有時會吃到聖誕節還吃不完,我常考慮,乾脆也不要再準備糖果了,祈雨舞跳一跳就好!

如果已經在家，我早就放貓咬人了！什麼吊死鬼造型啊！？我等他加班等到百年孤寂，好不容易放飯了也飢不擇食，最後竟然還要用一件髒衣服乾坤大挪移來騙我嗎！？我可是特別趕工作把時間挪出來歡度萬聖節的吧！！！

我經常被大王氣得吳宇問蒼天（吳宇是我的筆名，尤其是當怨婦時）！
某種原因，這個人相信當使用車子的冷氣時，車窗要大開，這樣冷氣會涼得比較快。
有這種事嗎？就算是投票表決，也是我和瑪優兩票對他一票！然而奇怪了，大家還是得照他的方法做。我覺得他浪費汽油。

這個人也相信家裡窗戶大開、空氣大流通，有助於減輕他的過敏症，所以我經常看見他在家一邊過敏一邊受涼（屋外其實很多植物的花粉之類的，他都很過敏）。而屋子的暖氣因為達不到預設溫暖度而一直運轉，他還會說暖氣一直運轉卻不暖，一定是壞了！完全沒想過是因為門戶大開，暖氣當然待不住。

所以我經常叫吳宇。

 衛生棉 之役

大王有一輛車因為年代久遠，所以並沒有杯架這种設備，幾年前，在我強烈建議下，我們買了兩个杯架裝在車門上……

夾在車窗玻璃縫裡。

有杯架才方便嘛！不然飲料拿在手上又冰又燙的！

幸福的日子不是應該來臨嗎？結果反而是噩夢！神經質的大王從此老是在抱怨杯架和車門磨擦的 那种「肉耳幾乎聽不見」的声音！

王也會有罪惡感之時，有時見我手一直扶在杯架上，他也會大發慈悲說：不要扶了。
然而，幾秒鐘之後又開始為這個小小小的磨擦聲抓狂。
所以後來我都謝皇恩，還是繼續扶著。
不是我那麼愛寵他，實在我是受不了看別人情緒不穩定！因為那樣也會干擾到我的情緒，所以我寧願一開始就扶著、一直扶著，讓他去罪惡死吧…

我快瘋了！妳不是說要想辦法嗎!?

←只好用手扶著!!

我忘了嘛！又不是天天在搭這輛車，我哪会記得！

玫怡說，她如果吃到含阿斯匹林成份的藥，臉就會過敏地腫起來，我以前覺得那樣很嚴重了，但是現在大王只要除個草五分鐘，雙手就會整個過敏得像生滿癬，一直延伸到上臂！連長天花也沒那麼恐怖！這個人對種種事情的過敏真是強烈，所以我只能當吳宇，因為世間真的是有如此敏感的人，能怎麼辦？

我這個人近似音癡，很多聲音我聽而不入，可是那是因為我神經夠粗，百物不入，所以我也經常告誡自己，別人的痛苦我要多點包含和容忍，因為過敏成那樣也很可憐。

所以，只要我当乘客，必然是杯架扶著飲料、我的肉手再扶著杯架，這种童話故事般的怪事！

當然，有時候大王心情比較好時，还会開玩笑……

不如用衛生棉來墊好了！还很吸水呢！

好主意哦！衛生棉背膠也黏，而且墊在後面也看不見！

墊在杯架和車門之間

不過這种好日子不常有，大多數的日子我們多半是一上車就指責对方的老年痴呆！到了本週，終於突破一再重播的劇情……

講了多久了？一年以上了有沒有？一年來你都沒記住嗎!?

先生!!這是你的事吧!! 什麼事了，為什麼要我負責!? 你自己也沒想辦法呀?!

而且我根本就聽不到什麼磨擦声!!

世間事往往如此——

終於把杯架墊上墊子後，
杯架也接著意外破裂了，
不再能扶住什麼飲料，
白·忙·一·場·

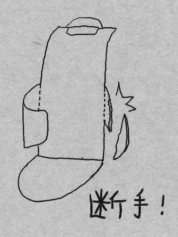

師太 殺手

西雅圖地区並没有荷蘭領事館，在整ケ美西地区只有一ケ座落在加州，所以，西雅圖這ケ荷蘭辦事処基本上只是代收而已，它不但不是自己一ケ建物，甚至，只是一ケ人辦公室和一些其它机構分享「一戶辦公單位」的「一間」辦公格而已！

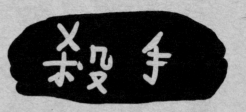

永遠都是我一人

而且我没有天天上班喔！

荷蘭領事

辦簽證的其中一項要件是：要確認你的護照上有空白頁可黏貼簽證。

我最近很苦惱，我的護照還有兩年多才過期，但是裡面似乎快要沒有空白頁可貼簽證了（全被申根簽證佔滿了），不知道這種情形該怎麼辦？重辦一本護照嗎？

算一算，我和這位荷蘭師太的緣份也5年多了，但，她記得的絕対不是我。

又要去荷蘭了？這次去多久？

17天而已…

是我該來被問話吧!?怎麼每次都是和大王聊？

大王又不用簽證!!

就是因為情況常々是這樣，到了昨天，要去辦簽證的前一晚，大王竟説——

我看明天我一个人去就好了，比較快……

我真的可以不用去嗎？

你確定!?

◉我也不想去!!◉

經我吃驚地一問，大王也回魂了，辦的是我的簽證嘛，我是必須去！

對吼…那我每次去是去幹什麼???

当我的話体證據呀

大王當然是沒什麼申請簽證的經驗，因為挪威人去很多國家也都不必簽證，所以他對簽證的要求近乎無知識。

例如說，申請簽證需要存款證明，在台灣中文翻譯是存款證明，很明白，就是你要證明你有錢去國外遊玩。而英文的原文是 Bank Statement，就是銀行帳戶明細，大王從來不知道要這個東西的理由，他只是按照要求照做就是。所以上一次申請我的簽證，我們送出的銀行帳戶明細是一份結餘是美金一百多元的。（台幣三四千而已，那一次剛好是在發薪水前申請）

師太嚇了一跳（那是當然的，有人這麼白癡膽敢證明自己身無分文嗎），終於婉轉向大王認真解釋，需要銀行帳戶明細的理由，大王說，他從來不知有這回事。

照理說，我們是該在領薪水後補上一份銀行帳戶明細的，但是那一次竟然也沒補就通過了！我真的不知道是歐洲人大王的面子比較大，還是因為我是申根常客？我感覺是前者，就像師太對大王總是比較友善一樣‧‧‧

李博士説得好，證據不但会説話，而且通常也是證據説話才有用⋯⋯

辦申根簽證我的経驗也算豐厚了，該準備什麼資料和證明也早就此生不忘了，但⋯⋯

喔，你們除了荷蘭还要去它国⋯

這樣的資料加州那裡很容易找你麻煩，我幫你扣下來⋯

謝師太～

⋯⋯

放心，加州領館那兒会再要一次！！

無關緊要的人

而且我準備的一定合格！！不必扣⋯

果然師太和大王討論一陣後，認為还是放回去好，真是不枉我沈厚的実力！然而，也許是太注重如何防漏洞了，我竟然忘記了入門第一章──机票！！我忘了把它列印出來！！！

好知道嗎？我們這次打算快步競走去荷蘭！！

騎單車也行

哈哈哈哈我們荷蘭確実很多人騎單車⋯

很会説話的證據。

師太殺手讓我們不必多跑一趟，只要email电子購票證明即可，師太会幫我列印出補上⋯⋯坦白説，師太殺手也是我申根簽證的必備物之一了。

有一件事我覺得有點不相信：
新聞説，現在起要全面改用電子機票了，預計這一措施將會少砍多少多少樹木云云……

我好幾年前就已經開始用電子機票了，問題是，每次出門前，你還不是會小心地把網上購票證明「列印出來」！以防航空公司電腦作業錯誤不認帳等等。這一列印，難道就不需要紙張嗎？不列印，你敢完全相信自己的命運嗎？

感恩之夜

也許以前的感恩節都是七早八早就在家烤煮火雞了, 还真是没注意到, 原來這个節日和我們過年差不多, 大家都回鄉去了, 街上冷清清!

昨天傍晚

喂! 我剛才發現明天是感恩節呢!!

我也是! 我以為是週六还週日!!

我們都没準備!

這种情況有点像是發現明天要过年了, 今天还一点年菜都没去買! 但, 我們兩个懶散夫妻还是一直搞到感恩節当天中午才出門去買菜!

各位顧客我們今天2点打烊…

他剛才説什麼!? 要關門了嗎?

我的天!! 我早餐都还没吃完!!!

还在吃早餐!!!

有些超市賣場都有附設餐飲部門, 所以這時候我們是在裡面吃早餐 . . .

美國的國定假日並不多，而幾個大節日都在年底（除了國慶之外），例如感恩、聖誕、除夕等等，一般而言，從感恩節開始，就有一種「過年要到了的氣氛」，比較早佈置聖誕樹及燈飾的人家，甚至有早到在感恩節過後就開始的，所以基本上感恩節就好像是個記號一樣，預告從此開始步入過節氣氛中。

所以感恩節也相當快樂，雖然和我無關，不過人人喜歡過節的氣氛。

早在一個月前，大王就想在感恩節当天以法國菜 cassoulet（悶豆子）慶祝，所以我也向人在法國的玟怡要了食譜，一大串超過 20 樣的材料中，我們只買了一件，商店就打烊了!! 就好像，準備做一個起司蛋糕，結果只買了一包砂糖……

這家超市比較大牌，

我們去別家看吧…

早知道就別吃早餐了，我們实在太從容了……

還好街上冷冷清清，毫無阻礙地，我們又去了另一家開得較晚的超市繼續採購！這一回，幾乎什麼都買到了，就是鴨肉沒買到（鴨也算要向之一）；因為是感恩節，火雞的存貨量很足，反而其它肉類就相对少。

去大葉超市吧！他們应該有，而且感恩節和華人沒関係，他們应該也一樣開較晚!!

也对，華人什麼肉也吃的，应該不難找！

果然大華有鴨肉，這一回，什麼都具備了！連貓咪們都有感恩火雞肉罐頭可以慶祝！而且，我还意外發現，今年感恩節剛好碰上我在台灣的農曆生日！

生日快樂呀～
今天剛好也過感恩節耶，
放心，有好料吃～

一個媽在打柴。

这該是快樂如意、双喜臨門、幸福美滿不是嗎？結果——

你沒仔細讀食譜嗎？光是豆子、醃漬不看肉那些就要泡一夜水呀～

Cassoulet是打算週末吃…

那我們今晚吃什麼!?

不知道呀，剛才買菜時我們才剛吃飽嘛！我無心想晚餐的事…

現在，確實任何商店都閉門了，是大家吃团圓火雞之時了…我又能說，还好！今天在大華有順便買了台灣泡麵面！……很感恩!!!

大王前一陣子說了一句名言：
以英文爲母語的國家的食物都不太好吃。

真是太對了！至少說，不是很注重烹飪吧。英國的食物受到法國的批評，但是我覺得這批評並沒有太錯；美國如果不是有這麼多外來移民帶進的文化，其實美國的食物也是不太如何！但是比英國，可以說味道有再稍微好一些！

法國菜和義大利菜可以說也是世界有名，其實光是看 Cassoulet 的食譜，人家願意花那麼多功夫步驟做這道菜，就知道他們有在重視「吃」，不然何必花那麼多時間煮一道難吃的食物？歐洲很多國家的菜雖然也不是那麼世界聞名，但也算是還不差，所以比起來，英國並沒有太被冤枉・・・

用完了，的 霉好運

俗話說得好，「人在家中坐，禍從天上來」！本來溫室中的宅女的我，应該是福禍的絕緣体才是，哪知，被大王傳染了感冒……

咳— 咳— 咳— 鈴鈴鈴

Sorry 呀— 每次都是我把感冒伝染給妳

如果把倒楣不順這種事擬人化，當作是一個衰神之類的魔鬼，當魔鬼出來抓人時，自己就要好好地藏好，越低調越好，盡有可能不要出聲。

我就是這樣看待命運低落時期，每次我覺得很衰時，我都盡可能不要抱怨、低低藏好，期待魔鬼不要抓到我，期待自己不是他一眼望去，最可口的目標。

不要擔心，瘟过性病毒嘛…你应該已經瘟过一手了！ 胡説！

如果是我自己在江湖闖盪，可能中獎的是肺結核！

妳是不是發燒了!?怎麼這麼慈祥!?

慈祥?也不是，我只是覺得好像精疲力竭，一点也不想再戰鬥了！而且，隱約中也覺得霉運未盡…果然……

因為夜咳吵人，我自己特地搬到客廳暫睡，結果隔天竟然在血光之災中醒來!!

抓跳功!!

口土土小小

!?

不要跑!!

鏡子

還好我不是上班族……要不然今天的血光可能是撞車……

貓咪追玩，在我的頭皮裡扎了兩ㄍ洞、及髮際上一條2.5公分的傷，耳頰上兩條分別是3.5公分和8公分的長血線!

我的天!睡個覺也能破皮相嗎!?

昨天……我剛好有幫貓咪剪了指甲耶!!你說，是不是超幸運?……

如果不小心就是被抓到了，也不要維持可口的樣子，魔鬼也會討厭無聊的東西吧？看看貓咪抓獵物，你如果死在那裡不動，貓咪看了一會兒就失去興趣走貓了，你如果在那兒拼命掙扎，大幅舞動，就越引起貓咪的興致！
所以倒楣時，不但要低調，還要變成很無聊，必要時，裝死都可以試（不要動）‧‧‧

竟然……把我們說成魔鬼……

絕食抗議吧？

不要！

因為感冒未癒，臉上的血痕又還很明顯，
大王吩咐我別出門買菜，以免人家說是我
「受虐」，所以我這星期還不必煮飯呢！

原本只是有貞自我安慰的我，因為逐漸感受
到光明的到來，現在已經以全速之力在康復
了……

這就是，不夠低調……

人間 失格.

我家的大門是那种一開合就自動反鎖的那种，所以多年來我都小心翼翼地提醒自己，就算只是出門拿个信，一定要記得帶鑰匙…

美國真的很多人家，都把自己家鎖匙藏在屋外花盆下喔！害我曾一度也認真考慮過！可是，我畢竟還是太小心謹慎的台灣人，我怎麼想都覺得，這樣做會讓我自己從此發瘋！以後一旦聽到任何聲響，我必定會認為是有人找到鎖匙闖進來了，然後我會開始細想兇殺案細節・・・

美國的貪圖方便不只是在自家房子，很多人也想辦法在車子外藏備份鎖匙，更有許多商品因此而誕生，例如一個可以裝在家門外或車外的小方盒，小方盒是放備份鎖匙用的，是密碼鎖，你只要自己設定一組密碼，就能打開盒子取出裡面的鎖匙，更精緻的有做到指紋辨識這麼功夫！而車子也另有一種是「車牌後」隱藏盒，就是利用車牌遮掩，其實車牌變成是一個掀蓋，掀開後就能拿出裡面藏著的鎖匙。這類商品我看過很多很多，只有說明了一件事：美國人真的是比較貪圖便利。

老豆腐还会強作鎮定呢！雖然我还在感冒，但也因此穿得非常保暖，一時是不必擔心会受凍，接下來，人生的跑馬灯把自己在西雅圖的朋友名單都跑了一遍，試圖找出離我家最近的一位！

不行！如果要用走的，我不認得路！！！

平常都用湯湯…

唯一認得的，也只有去微軟的路比較有自信!!

只有去微軟找大王了……

←她没有.

大王？

對了！大王明明还在家睡覺嘛!!!

我在這裡苦什麼情呀!?

叮咚一叮咚一叮咚一

↑ MIAO

睡美男

Miao，妳去開一下門好不好!?

感謝神！在我按壞電鈴之前，大王總算起床開門了……

美國的電視廣告常有一個很會發明東西的鬍子男，這個鬍子男的自行研發商品也都很神奇，也常看得我很心動！例如他有一種地板打臘膏，用砂紙去把木頭地亂磨一陣之後，塗上打臘膏又回復原狀了，而且整個地板還更閃亮如新！類似相關的商品則還有汽車用的，可治汽車刮痕，省下大筆重新烤漆費用！還有眼鏡清潔劑、光碟清潔劑，刮花的鏡片和光碟都能修復！他的東西就是類似這樣的千奇百怪，神奇的商品。雖然我多數都不信。

但我最近看上鬍子男賣的神奇抹布，一大桶水倒到地毯上，放上神奇抹布去輕鬆壓吸，竟然能將水都回收，地毯如新！連地毯下的木頭都是乾的！我感覺這東西實在好用，尤其如果我要清洗地毯，只要輕鬆壓吸，就能把清潔水回收，而且能重複使用，很經濟啊！

工恐心慌

以前就曾聽聞大王提過他恐慌症發病的情形，不過，我只把它當成一个好笑的故事看待！

其實大王的恐慌過往聽起來真的是蠻可憐的（如果我能忍住不笑的話）。

他說，非常有可能是因為工作壓力太大，每次幾乎都是星期日發病（隔天要上班了），常常是，買東西買到一半就頭痛欲裂或想吐地衝出去了，開車開到一半覺得自己要死了，就停到路邊不能繼續。當時因為多數醫生還不知道恐慌症，所以當時的同居女友瑪優也覺得大王在假仙，為了就是逃避責任！

（接下頁邊頁）

你要知道，在10年前可是沒有医生知道這是什麼病!!

不堪回首

那時候我在医院不知檢查了多少項目!我每天以淚洗面地上網查腦瘤的資訊⋯⋯

哇哈哈哈⋯

你神經病一

誰要給你下毒一

还懷疑當時的女对我慢性下毒⋯⋯

可能是我笑得太不可原諒了，老天於是決定給我一个驚魂！

上星期天，我在朋友S家，聊天聊到一半，S突然說她感到呼吸不太順暢……

不知是否咖啡喝太多？…

我覺得很不舒服，心跳很快…

你会不会想吐？要不要去挖吐試く？

說不定吐一吐会比較好？…

當時，我並不知道朋友S正是恐慌發作，不但沒立即当机立断地送急診，还說出多折磨人的建議！

朋友也有点不知如何是好，跑去洗手間試吐了一下，狀況也沒改善、反而更糟!! 於是，我們決定，再不去急診不行！

快呼快呼！湯く，医院！給我医院!!

我知道医院的路…我告訴你… ←自助。

平常我開車都不敢開太快，但是那一天因

而大王自己則是覺得自己被暗中慢性下毒，或吃了什麼自己不知道會很過敏的食物，因為確實有身體上的不適和病痛，除了被下毒或食物過敏，他無法解釋自己的異狀，因為醫生的各種檢查報告都說正常。所以他開始每天寫下吃入口的明細，如果昨天或今天吃了胡蘿蔔會頭痛，他就不再吃胡蘿蔔，下次吃了青椒會不適，他也把青椒剔除，就這樣，能吃的食物越來越少・・・（從照片看，他當時果然是瘦很多！）

是這樣折磨好幾年之後，才終於有了恐慌症這個答案的！也是從開始有答案之後，狀況才慢慢好轉，如同現在的恐慌患者都會被醫生告知要如何舒緩下來，只要有按照方式配合，通常很快就能控制下來，即使再發，自己也會知道這並不是什麼恐怖的不治之症，也就不會發作得那麼頻繁。

因狀況緊急，我不斷提醒自己，要把自己的乳牛號當救護車來開!!! 不過，我始終还是一个天性非常小心的人……

← 非常痛苦的樣子!! 有時还哭叫出來!

雖然很急还是要注意安全!! 不然可能还沒到医院就陣亡了!!!

到了医院急診，朋友確定是恐慌發作，整个過程也实在讓我嚇壞了……但，回家後……

不堪→回首

我可是搞了三年才終於得到一个病名呢!!

当時也怀疑是某种過敏，我天天也寫日記詳細記下吃了什麼東西……一生都沒寫日記

抱歉呀……為什麼你的例子聽起來那麼好笑

哇咧哇咧……

話女人您怎這麼不知悔改呀!? 記下來……

財神

寫作果然是一種治療。

稿子整理到這裡，我突然想起自己這一兩年來的小病不斷，到先前得到的流行性感冒那次，算是高峰中的高峰吧，因為那一次我崩潰了，全身這裡痛那裡痛，而且是痛到會叫喊出來那麼痛，我還忍不住打電話回家哭‧‧‧也因為這麼多小毛病的連續折磨，我竟意外又產生了絕望、沮喪、甚至一瞬間想過輕生的念頭。

但是連續這幾回，我說到大王的超級過敏體質，我說到他的恐慌症，還有以前就提過的氣喘等，我都沒仔細想過，這些小毛病卻是跟了他半輩子，也將持續跟著他下半輩子。我都忘記持續生病會使人情緒多不好，脾氣和耐心當然也應該不會好到哪裡去！如果他這個人確實是比平常人更容易暴躁，也應該有被接受的理由。我只是人還溫和，但耐心也不夠。

不然，我不會對他對我的情緒影響這麼在意，我不會輕易就怪他難相處‧‧‧
我希望我能更體貼到別人，更願意去為他人的處境想想。
倒楣果然也是有好處。

大 **的** 新衣

今年，為了省錢，我決定自己做一件外套送大王当他生日禮物。

禮物嘛！当然不能讓大王事先知情，所以，我只有偷偷量大王其它的衣服來做為尺吋的參考……

這件外套大王很滿意，除了說樣式顏色他有喜歡之外，另有一個關鍵點是——口袋很多！總共有五個口袋，外觀兩個，裡面三個，而且裡面的三個還有車拉鍊。

因為大王其實隨身物很多，他又不喜歡帶包包，所以他個人對口袋的需求就是比較多一些，而他這種粗枝大葉也經常讓東西不小心滑出口袋而不自知，所以裡面的口袋都是有拉鍊可以關閉口袋的。

說的也是，男人的衣服變化已經夠少了，如果連ㄍ領子都要省略，那不如乾脆做一件T恤也就算了……或麵粉袋剪三ㄍ洞，还更復古呢！

← 如此。

這樣太懶了啦～

还不如國王的新衣呢！直接騙不是更快！哈……

愈說愈理想

所以夢做完了，我回到現实，仍決定不做領子，但要有ㄍ「領台」。

← 高起來的一ㄍ領台。（上面扣子固定）

← 拉鍊

雖說是簡化到領台而已，可是也沒真的那麼容易，那ㄍ領台我也是改修了第二次才總算完成！

也不知是大王幸運，還是我幸運？

也許很多人要覺得大王幸運些，畢竟花時間心力的是我，他是享受成果的人。

可是，如果把送禮想成是一種特殊情感的傳達語言，我卻覺得非常幸運，在這語言裡，我絲毫沒有表達上的困難。

大王生日当天

我真是不敢相信有人做一件外套給我!!!

更不敢相信妳会做外套!!

奴僕!!

妳愈來愈有奴僕的架式了!……

一切都很完美,甚至王自己都覺得該外套有顯瘦的效果,不過,仍然还是有一处美中不足……

領台扣起來我看合不合!!

我做了二次要看合不合!!

太緊了～太緊了～我快被勒死了

活該!!敢說我是奴僕!!勒死好了!!

本來想再修改領台的,不过大王堅持他反正也不会去扣釦子,所以我也順勢去奴化了,省了一筆真好……

服裝設計裡所學的,我忘得最多的是打毛線!可能是因為以前術科作業繁重,經常一邊聽別的課時,一邊偷打毛線作業(也只有這類的才能偷做,縫紉畢竟需要縫紉機,畫圖需要顏料工具、空間等等條件),自然而然回家都先做需要機器或設備的作業,把打毛線留在聽別的課時偷打,同時還要一邊偷打瞌睡,因為熬夜作業還是做不完,太累了···所以我打毛線就記得不是太清楚。

我  頭

我的頭形真的可以說是超級難相處！
從小，多少女生都戴過的髮箍，怎麼樣
就是上不了我的頭！

一般頭形　　　　我的頭形

因為兩端比較四方，所以髮箍易彈出，
不論我怎樣認真施壓，志明還是不娶
春嬌！

這是八卦。
我的頭倒是很得一位算命先
生的讚美（真是太難得的經
驗了），他說我有什麼骨又
什麼骨，總之就是非常特別
凸出的一些骨，這些不神奇
，我也沒有多相信，比較讓
我感到怪的是，他說這些話
時，都還沒摸過我的頭呢！
而他說哪裡哪裡有凸出的，
確實是有凸出。
這是我能自我安慰的地方，
但是那些骨是好什麼的，我
卻不記得了。

今天無緣，
來生再說吧！

不只是髮箍，我連戴帽子都很有困難！

一般頭形　　　　我的頭形

因為後腦一片平坦，帽子怎樣也沒支力點可以卡住，不論我怎樣向下壓，帽子依舊是不停漲漲漲！往上頂數个沒完沒了，直到再也沒辦法，終於像泡沫地掉出‼

你要這樣搞孤僻，你就一輩子打光棍吧‼

誰你都不甲意，究竟想怎樣⁉

對鏡自風歎！

本來就已經很高傲的頭，几年前还開始硬上一層樓地長了頭皮屑呢！一直到今年才終於

有一次大王臨時約我出外用餐，但是那天頭皮屑實在太嚴重了，所以我就戴一頂毛線帽遮著，到了餐廳，我當然死也不肯把帽子拿下來，雖然大王一直安慰說，沒有很嚴重（頭皮屑），可是我的自尊心很強硬，還是死也不肯脫帽。（同時還要每隔五分鐘，不停再把帽子壓下去）

結果後來餐廳又來了另一組客人，還就坐在我們附近，其中一個女生也戴著同樣的毛線帽（撞帽），她也沒有把帽子拿下來，我又為了另一種自尊心，把帽子拿下來了。

唉！女人哪，像太陽一樣···

為什庅像太陽？？？

因為強風做不到的，太陽做到了！

＊強風無法使人脫外套，太陽一出來卻可以。

搞清，原來是得了濕疹!!!

你夠了吧!?

我的頭!!! 你还想再怎樣 曲 高和寡??....

真的要我頭部以上切除嗎?.....

濕疹產生的頭屑讓我有時連出門都不想出，連想要用帽子遮掩法都大有問題，天下有我這种難搞、難相处的頭嗎？

小姐，你真的要這樣出門嗎!?

請04我阿尼.....

⊙註：卡通南方四賤客的一員

而且，我終於明白阿尼為何会在劇中一死再死了.....那个編劇原來是在編我的故事!!!

別胡說!!!——

2008

聖誕樹一般來說都是有放到
新年的。
我喜歡瑪優佈置的聖誕樹，
很熱鬧，也很有家庭風格！
很像 Home-made 的食物給
人的感覺 . . .

今年的新年我第一次在荷蘭渡过，和
我的优質全家人員：

除夕夜全家來熬夜吧！

我也有買小孩的香檳哦！

个無酒精！

要倒數！！！

又冷又餓......

聽說没飯吃.....一整晚就是零食小菜和酒.....

重視正餐 →
的人！

我的兩个繼子已經七歲半了，我本來預計
的曠世悲劇是他們愈長大会愈恨我，可
是意外地，我和大家一樣的，都是這个家庭
不可或缺的一員！

小天使
轉轉轉

我偷空去買瑪優的生日禮物，才踏入血拼魔大門沒三分鐘，就被 CALL 回去了，臨時在櫥窗看到這個小東西，覺得還算挺可愛的，毫無時間做比較思考，只能趕快付錢走人，付錢中還立刻就又接到催魂 CALL 了・・・

這是荷蘭過年必吃的一種點心，感覺有一點像台灣那種油炸的雙胞胎，只是沒有麵粉發得那麼膨，吃起來再紮實一些・・・

向大王「請假」去暗害拼兼買瑪優的生日禮物・・・

→ 瑪優年底生日。

不行了，妳沒時間了！小孩說現在就要去接妳回來！！

可是我还没買到任何東西呀！

← 腳才剛剛踏入血拼魔・・・

以前聽說，小孩沒見到我都会問爸々我去哪兒了，但現在連瑪優也会開始問了・・・

媽々加油争！

幫我接 PS 到電視・・・

幫我看一下電XJ

我真是大忙人

那我呢!?

大家一致公認，他負責不要耍大王脾氣就好。

那已经很不容易了！

沒錯！・・・

所以，除夕夜連一向是標準國民的托比，都因為正沈迷於 PS 中（play station）而順利熬夜到

倒數計時！到了2008一到來，我們互相乾杯互祝，然後到屋外放炮,放煙火！
果然煙火一下子就振奮了所有人勞累的肉体

↑
鄰居,專業大型.

你們在看哪!?
給我看這裡!!!

可惡～～～！

↑
我們的
小兒科煙火.

我能不要大王脾氣嗎!?
你們這些人!!

到了清晨2点多,我和大王才踏上回飯店的路,
路上一片荒霧,能見度只有2-3公尺,很是危險....

你小心
開呀!
要睜大双
眼当大灯
用呀…

2008才剛
開始,要平
安呀!!

這是好新
年新願景
嗎?双眼
当大燈?…

当然不,2008我希望优質全家繼續經營下去……

這張照片是我珍愛的照片之一，雖然風大得大家都照得不怎麼像自己，可是這是第一張連我連瑪優連大王和孩子們都一個不缺的全家合照，而且還有我公公也在。

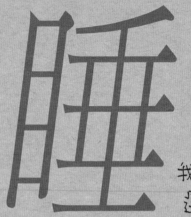

睡（美人）

我們的小兒子托比，某種原因很喜欢「足部的運动」，不只是足球，連芭蕾舞他也很有興趣！

← 电視上的芭蕾轉播

羅密歐與茱麗葉

我相信我跌倒也可以跌得如此美

托比

DO it now!

愛伝

現在就喝下去!!!

拜託～喝个要拖拖拉拉那麼久～

有一次在電視上看 F1 賽車轉播，看到舒馬克流利快速地奔馳時，突然我全身起雞皮疙瘩，莫名感動！

這次看芭蕾舞公演也是，看到一群人幾乎毫無失誤地跳著，我也是雞皮疙瘩地大感動。

這是個人多少年的默默努力才有的成果！這些人都是在挑戰自己的極限，不管過程多痛苦、別人（敵手）多優秀天才，也是會逼著自己超越再超越。

就是這種精神使我起雞皮疙瘩地感動著。

因此，瑪优在我們這次行程中也安排了大家一起去看「睡美人」芭蕾舞的公演……

我是荷蘭人，該算的要算清

你們兩人的票錢还來…

好就是這点不太可愛…

可別以為看芭蕾我會搶當主角沈沈睡去，事實上我還感動得淚流滿面呢！！……

—— 室內交響樂隊。

太美了！太棒了！！這要大家經過多少努力和苦功才有今天！！

這是我生平第一次親身看芭蕾舞公演，雖然我也並不真懂芭蕾，不過，人体做哪些动作是難度高的這我卻不需別人告知！舞台場景之效果和用心也是可以看出—二，服裝的華麗講究就更別提了，当你覺得自己已經置身於一幅古典而美麗的画中，這个藝術就是担当成功了！

為了兒子們，我也要更努力呀！

別跳了…能不能好心告訴我睡美人到底在說什麼故事？…

從小讀藝團沒讀女姓話。

開始演之前，室內交響樂團是在前方舞臺下的另一處凹地舞台，所以也不太拍得到，正式開始之後就完全不能拍照了。

表演廳的外面。

正因為感受到舞台那端所有人的用心，我也一幕看得比一幕更認真！真是有種美不勝收的強烈親身感！但，就在第三幕（最後一幕）中，突然出現了穿靴子的貓、和小紅帽与大野狼……穿場。

打擊!!

怎麼可以這樣!?

还附贈廣告的喔??……

我的不滿已經可以用憤怒來形容了，雖然瑪伐事後有解釋，這个編舞其實很久以前就一直插有這几个龍套了，大概因為都是安徒生童話裡的故事，可是，這依然不能安慰我超級失落的心！但在場似乎沒人有異議，只有愛伝也說了一句——

如果要這樣，怎麼不插星際大戰算了？

不愧是愛伝呀！後母的心你最懂——

話雖如此，終場前整个舞台还空雰風金粉，實在是美到令人想收集……

我不敢相信有人小時候不讀童話！
芭蕾舞演出一般都是有分場，每場和每場之間都有休息時間，就在休息時間閒聊時，發現大王竟然不知道睡美人的故事！所以下咒的黑巫婆和祝福的白仙女，在那裡華麗演出，他都搞不清是怎麼一回事！
安徒生還是丹麥人咧，你挪威好歹也讓丹麥統治過，竟然世界聞名的睡美人劇情都一點兒不知道！真是驚人。
也因為搞不清那一黑一白的象徵，後來出現的小紅帽和穿靴子的貓等等，大王反而很欣賞其造型之活潑特別，巫婆或仙女反正也不是很實際的人物（因為魔法畢竟不是合乎真實生活之常態），所以這些全部炒進來，他一點也沒意見！

溜冰記。

因為從小住士林，所以經常去圓山溜冰（刀），冰刀对我而言，真的不是一ケ陌生的活動！
這次在荷蘭也和我兩ケ兒子去溜冰，這是他們倆人生的第一次……

現在歐美很流行一種鞋子底下暗藏兩輪的童鞋，我第一次見到是在機場，猛然看見有個小朋友「飄過去」，當然直覺那是輪子滑行的動感，可是當我仔細盯著那個小朋友的鞋，又看不到輪子的影子，一開始，我一直告訴自己－是我是眼花了！

然而，隨著飄行的小朋友越來越多，我終於非常確定，確實有一種鞋、而且正在流行，鞋底下有藏輪子。

（接下頁邊頁）

我可是在溜冰鞋上長大的！没問題。

不溜冰時我也溜輪鞋受訓……

妳是不是愈來愈会説謊了？我挪威長大的都没溜过冰！你台灣長大的应該只会爬樹吧？

当然，台灣也只有室内的人工溜冰場，荷蘭我們去的那一ケ，雖然也是人工的，卻是户外的！（夠冷，所以不必在室内製造。）溜冰鞋一樣都是現場組的。

後來我在荷蘭一家玩具店終於看到了，原來那輪子可以往內收，所以當它收起來後，看起來就是一雙普通球鞋，也可以正常走路。而即使是放出輪子，它的輪子也很小，也只是伸出鞋底一些些而已，所以就算滑行中，都不是很能看得見輪子。

我買了一雙給史丹力。其實是我自己想要試試看。史丹力的腳夠大，我可以先借來試用一下。

看小朋友滑得多流利，然而我穿上以後卻感覺「好危險」！很像鞋底粘著一片香蕉皮，你不知道隨時什麼時候、什麼角度一踏出就要滑倒！主要是因為它只有兩輪，不是四輪。

好吧！我老了，算我比較喜歡腳踏實地吧！

不愧是挪威人從小有練過，大王就算沒穿溜冰鞋走在冰上也完全不会滑倒！而我，沒溜冰鞋会滑倒，有溜冰鞋則只能站著当地標！

你們這樣根本不是在溜冰，回家吧？

托比

冰上的女神还没見到吧!!

溜冰不好玩…

放棄的愛伝

但是，綁石膏的威力實在太大了！雖然我和托比都努力地復健，仍然無法把石膏和腳練到合体……

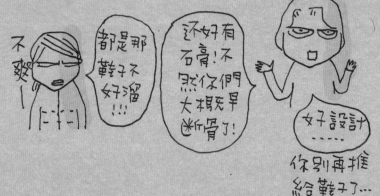

不爽一

都是那鞋子不好溜!!

还好有石膏!不然你們大根先早断骨了!

好設計……

你別再推給鞋子了…

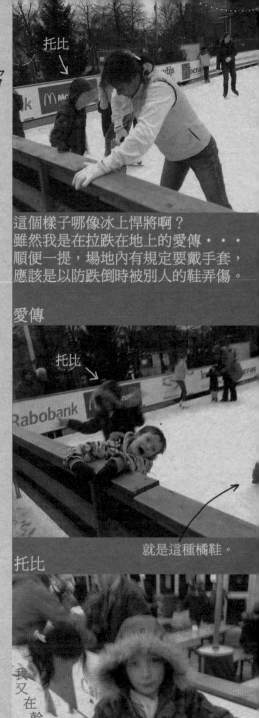

托比

這個樣子哪像冰上悍將啊？
雖然我是在拉跌在地上的愛傳…
順便一提，場地內有規定要戴手套，
應該是以防跌倒時被別人的鞋弄傷。

愛傳

托比

就是這種橘鞋。

托比

我又在幹麻

領藥

我真是覺得微軟這項福利很好，真的無法出門看病時，甚或是過了醫院看診時間，都有辦法幫你安排到一位醫生來家裡看你。同時，微軟的醫療保險涵蓋的範圍和給付都相當優，即使這樣叫醫生到府服務，一樣不會自費到一毛錢。

這點我真的是非常感恩！

從荷蘭回美國後，馬上進入我和大王的感冒期，什麼都要贏我的大王，夾帶著氣喘發作的氣勢，再佔上風……

順便

我要載你去急診嗎？你要開車嗎？

雖然快死了，但我还是不相信你

微軟的医療保險有 Call 医生到府服務，把電話找來我打……

所以，医生來了，帶著擴張氣管的机器和药物，大王先是在家吸了好几分鐘的药……

医生，請你立刻把処方箋開一開，我今天一定得药物治療了……

好，好

我老婆用巫術治我兩天了……

巫術？什麼巫術啊？實在太不尚幻！
我也只不過是按穴道！

你不只按穴道啦！
你还有在茶上寫
字要我喝下去
！

道術？？……

那…那也是為了
幫助你……

又不是叫你
喝符水!!…

医生來過那天，我們立刻拿了处方箋去回藥局
要領藥，但因為当時已过晚上九点，所以我
們只能去有24小時營業的某家連鎖藥局。

要等
一小時…
生病的
人很多…

什麼!?
我就知
道我不能
信任妳!!

一小時？
去把处方箋拿回來！
開什麼玩笑!!!

感冒時，等
一下嘛…不
然我們先回家，
等一下我自己來
幫你領！

不必了！我們
去別家!!!

每次大王感冒我就感冒，這
已經幾乎成為常態了，上一
次，我還特地躲開他睡到客
房去呢，為的就是保全我自
己！結果沒想到那次我反而
中了有史以來最嚴重的流感
！我幾乎覺得是老天爺要逞
罰我孤立病人的冷漠作為。

不過那也真是奇怪，他得普
通感冒，我卻得流行性感冒
？而且醫生還反過來擔心我
會傳染給他！如果不是他傳
染給我的，那究竟我會有何
途徑染上？我平常也很少接
觸人群啊···

別家

倦容

要等5小時喔……病人很多……

我回家喝符水了!!

一整個晚上，我們開著車四處找藥局，我看了一下錶，如果第一家的一小時有耐心等，我們早就回家吃完藥，安心睡覺了！可是，現在竟然還得抱病閒逛街頭……

第三家

要等15分鐘，可以吧？

妳是說1和0不是5和0？

對…15

我就知道！我就知道一定有一家會比較人道!!

還好我有堅持!!!

茶裡……但是這些時間加起來總共是花了3小時……

該怎麼說？那天領到藥都已經凌晨一兩點了（加上交通奔波時間），如果是等五小時那家，能領到藥的時間大約是早上四五點了，這樣說起來，可以乾脆隔天早上再去別家（不是24小時的，就不會排隊排成那樣）領藥都可以，可是你無法想像，就是有那麼多病人無法等到隔天，也許是像大王這樣因為呼吸不順暢，非得要盡快拿到藥不可。

會感覺很可憐吧，深夜還要抱病在那裡等藥。

就是因為這樣，我覺得人間也有天使，有人痛苦等藥，就表示有人一樣是夜深仍不息地努力包藥！所以我責怪不出來！因為我也不是大王，不是一個時時刻刻被呼吸困難煩著無法解脫的人。

所以算來算去我就是幸福的人。

新年 穿 新衣

曾幾何時，隨著大家生活普遍富裕，新年買新衣終於不再是一件多了不起的事了，可是在我小的時候，它可以說是一年最快樂的時光！因為，不論過去一年有多匱乏，新年至少一定可以有新衣！

往事回憶中…

為了這景，今年過年我決定買新衣！！

俗話說紅水黑大辦（紅色漂亮.黑色大方），我尤其從小討厭紅色，所以今年，當然要做就做到極致盡情！我決定買大紅色的新衣！

我有個奇怪的習慣，我不喜歡長袖衣服的袖子太短，七分袖八分袖那種衣服是我最不能接受的！
我總覺得不管流行怎樣變化，穿一件緊身衣，身體可以緊窄，衣身長可以很短，因為那可能是流行，可是袖子太短就會覺得好像是硬擠進尺寸不合的小衣服裡。

所以我是覺得亞洲的衣服有個缺點，就是袖長都有點不夠（也有可能是我個人手臂較長）——如果是穿著都不要動，看起來是還ＯＫ，但是一動就捉襟見肘了，這一點，這件大紅棉襖也是有一樣的缺點。

所以買來後，我有拆下來改過袖子，把縫份都盡可能用到最少，讓袖子增長。

还有，我從小也討厭传統，所以今年还要買中國風的衣服！

妳是在反什麼骨呀？幹麻要買自己從小討厭的？

新年嘛——總要做些突破自己的事……

紅色中國風，我在網路上看了很久，總算找到一件喜欢的，而且还愈看愈滿意！沒想到要下單時，卻沒·貨·了·

鋪棉·
棉麻成份

想起我小時候有一年執意要「全身粉紅色」过年，那一年因為買不到粉紅色上衣，我还很有風骨地穿舊上衣過年呢！
↳(粉紅色)

現在怎可輸兒時? 我決定來個全球大追蹤! 我先是在美國伊貝把所有的中國風衣服看過, 然後又到香港網拍追查, 最後, 連中國的網拍也去了! 果然在赤色中國找到那件一模一樣的紅衣服.

和中國人交易好嗎? 搞不好会被馬扁…

信這一次吧!

過年嘛!…

馬扁子也要过年呀…

我有點抱著有去無回(錢)的決心, 終於在中國的網站買了這件衣服, 而且还付國際「快遞」的運費!

新年如意、大吉大利, 我真的有收到我的大紅新年中國風鋪棉衣服! 雖然是「慢」的快遞」!

大家   恭禧!

過年回台就是穿它回台的。

首先是來接機的我弟看到我嚇一跳,他說「你怎麼穿得這樣紅通通的?」

然後回到家我媽看到我也嚇一跳,她說「你老了,只有年紀大的人才會開始喜歡大紅大綠。」

我不是太喜歡他們的反應,雖然我還是有喜歡我的衣服。

登機準備

我很久沒有搭过飛行時間少於十小時的飛机了，因此，「準備飛行」變成一件重要的事！

這就是我的隨身增濕器，不需用電，直接打開在裡面裝水，蓮花形的厚紙巾就會吸水然後慢慢釋放水氣。紙巾舊了還可以換新。

4吋x7吋
小皮包

少不經事的
我的配備

如今…

19吋x14吋的袋子

總算 婆婆有讚賞

雖然，我即使在飛机上鼻孔乾到發痛也依然阻止不了我入睡，不过，品質当然讓人睡醒有悔！這一年來，對付乾燥我的固定配備是

紙巾

加水入容器

救命蓮花增濕器
（隨身型）

口罩

机車族愛宝

所以通常⊕一上飛机 我就開始「布置」睡床！

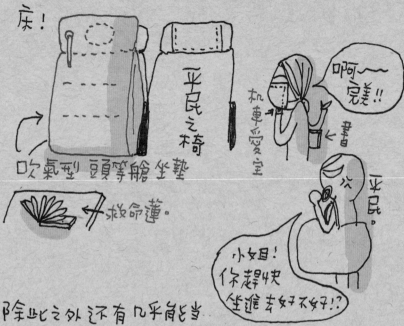

平民之椅

机車愛空

啊～完美!!

書

平民。

吹氣型 頭等艙坐墊

←救命蓮。

小姐！你趕快坐進去好不好!?

除此之外还有几乎能当棉被蓋的大披風、肚子餓会不爽的小零食、充滿娛樂物件的PDA、總之，能讓旅途舒適的各种小東西都不会缺，大概只差沒在机上安小神桌、備香爐…

準備那麼足幹麻？這个人總之都在睡覺!!

國外很難買到布製口罩！尤其是在荷蘭，所以我現有的一些口罩其實是自己用紗布車縫的。

某一趟我去荷蘭時，我把我的口罩搞丟了，去了藥局問小姐有沒有賣口罩，她茫然地看著我，我說：「你知道的，醫生動手術、平時打掃清理灰塵，那種口罩」（我當時並沒有很堅決非要買布做的不可）

結果她說沒有，還一付不可置信地盯著我，好像我是說我要買豬肝。

後來問瑪優，瑪優說「確實奇怪，我們很少想到要用口罩！」

所以某次我回台灣時，就在台灣的便利商店買了幾個口罩當作庫存，未來可以慢慢使用。

可是很快我就發現，其實便利商店賣的那些口罩很難呼吸！可能是因為加了活性炭什麼東西的，整個感覺很厚也不太透氣。

所以現在我還是一直每隔一陣子就自己車縫幾個口罩。

沒想到普通紗布口罩會是這麼不易得的東西‧‧‧

所以這一年來, 我的飛行都还挺舒服的,
只是也有一些小缺陷……

要吃飯了, 我的蓮花没地方放!

先闔起來放到包包裡

会漏水哪! 拜託喔～～

◉ 蓮花会隨時間慢慢乾去, 所以下飛机時才收入包包就没問題。

还有就是我的頭等艙救生墊, 因為它的吹氣管看起來和救生衣的吹氣管一樣, 每次我在吹氣時, 常惹來鄰居驚疑的眼光……

吹一

天呵可一那是緊急逃生才能拿出來用吧……?

不用…

要不要告訴她呀?

因為油價貴的原因, 以前飛十小時的航程, 現在都要多約兩小時, 因為飛機飛慢一些, 可以省油‥‥
雖然省油省能源是很好, 可是更長途的飛行實在也是更痛苦。
每次想起夏天熱成那樣, 就一直很納悶, 為什麼那樣的熱能不能想辦法變成一種可利用的能源? 資料說, 太陽能的設備一方面太貴, 一方面也不是所有的陽光都能利用, 還是有些條件上的限制。

於是在某些國家食物已經短缺下, 人類可能面對糧食危機下, 還有用豆類來製造能源的事出現, 真是不可思議。

我覺得人類好像走到一種類似「減肥病態」——一方面不能阻止控制自己吃太多, 而終於吃了太多之後, 又要產生罪惡感, 要想辦法催吐或什麼的。就好像現在全世界一直在告訴我們地球暖化、能源食物危機、環境污染, 連少子人口老化都可以義正辭嚴地談, 說下一代一出生就要負債多少等等。我覺得事事都在恐嚇我的安心生活, 都在使我良心不安、罪惡感! 都在勉強我催吐‥‥不是我不在乎、不關懷地球, 因為如果我不關心, 我也不會覺得現在生活真難過! 要保持自己心安理得、心理健康真是很難!
不用到下一代, 我們現在就已經是生(育)也罪惡、不生(育)也罪惡, 沒有辦法完全無愧無罪。

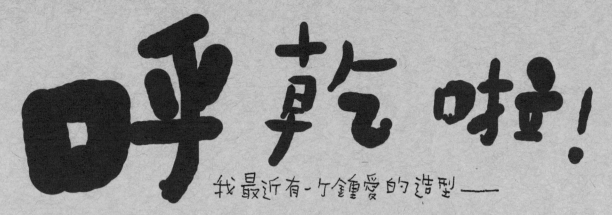

呼乾啦！

我最近有一ㄍ鍾愛的造型——

這一次的肇事原因，就是因為大王趁我不在家，把門窗大開「通風」——可是他也覺得冷（屋外氣溫畢竟仍低），所以同時暖氣也開著。

他發現暖氣無論如何不休地運轉，也達不到可以取暖的地步，所以更進一步地操勞暖氣，終於使它崩潰了！

這同時也解釋了我之如何「被用」。

拿刀來——

總是要有配件才更顯專業……

妳其實是想殺了我吧？

正當我在台灣享受久違了的濕潤時，在西雅圖不甘寂寞的大王，雙手不安份地又把暖氣碰壞了！

至少我不是把手放在誰的巨波上，妳也該感恩了！

就憑你那雙手，巨奶也會被招破！！

所以我回到西雅圖後，先是渡過了一天寒冰無暖氣的日子，一天後修暖氣的人終於來了……

状況比想像中的複雜喔，不过，我們可以先修復緊急暖氣那部份……

好好

只要有暖就行

雪人

对，我們暖氣的供應方式有兩种，一种是靠屋外主机運作，將暖氣送入屋內（較省电）；另一种是萬一屋外主机壞掉時，屋內另一个結構可以直接用電力供应暖氣（較耗电，所以叫「緊急暖氣」）。

兩种系統都搞壞，你是練了什麼內功了!? 一陽指。

不要激动……妳先雪崩了……

緊急暖氣是很快修好了，不過，它真的会使室內空氣特別乾燥，是一般暖氣10倍的乾燥力！

乾。

我有流淚喔…只是半秒就乾…

總比受凍好……

我！呼！吸！困難呀…

接下來的几天，我在家中四处放置了潮濕裝置（以前就買了，因为弄得濕巴桑太重我又收起來），可是，緊急口罩氣实在太強了，我不但要几个小時就補加水，而且我的鼻孔在這种情況下仍然会乾痛！只有在戴上口罩時才有一絲舒緩的作用！

不要靠过來!!!
浴桶会被你
碰解体!!!

緊急泡水保命法

✝ 世界上只有沙漠和
我家才需动用此法。

什麼嘛？我只
不过是送飯來，
妳已經泡了半天
了耶!!又不是麵...

我們家的盤子是
口那一牌的??竟然没
破在你手上!?一定是品
質很好吧???

連我都快被你用壞了!!
...給我拿老酒來!!

這樣說人家

如來神掌。

本週的妙記暫時用打字的，因為我的右手跌傷了···而且是一個人在家，超愚蠢的跌法！

話說過年期間，我在台灣的一處工地上撿了一個大麻布袋，當時麻布袋因為天雨而又濕又髒，可是我還是執意要帶回家，而且下定決心要將之「帶出國」（美國）DIY，所以我媽不但又在路上幫我撿到一個塑膠袋，來包裝滴水的麻布袋，回家後還幫我清洗麻布袋！（我則努力看電視當不孝女）

回美後我果然思念台灣，台灣真是越來越強了，幾年前，二十元商店讓我留戀不已，現在竟然已經進步到不必花錢就能撿寶物！所以我拿出我的台灣免費街頭大麻布袋，立刻做了一個超大購物袋來思念故鄉！

有一次我不知道發了什麼瘋，在西雅圖機場買了一件防雨布那種質料的風衣！之所以自定為發瘋是因為：我最討厭衣服穿起來有沙沙聲！防雨布那種質料，當然就是有摩擦的沙沙聲啊！

所以那件風衣一次也沒穿過。

因為環保，在荷蘭買東西（日常生活用品食品）也是要自備購物袋，我們總是每次去到荷蘭後，才發現我又忘記準備購物袋！所以總是在結帳時向商店買塑膠袋，這也就算了，如果我總是能記得下次去購物時，把塑膠袋帶在身上重複利用，那也不是太糟，問題是，我就是經常會忘記。

（次頁續）

這麼大的購物袋竟然用不到麻布袋的一半布，所以很快地，思鄉第二波又展開，我決定再做一個手提包！
這天風和日麗，老公也去上班了，下午我又搬出我的縫紉黑金剛在那裡車縫，到了五點多，我的手提包也差不多要做好了，我想我應該開始煮晚飯了・・・

該去煮飯了...

← 縫紉機的電線插座插在牆上，若沒拔插頭，走出去要抬腿跨過。

我因為還有一小部分要做最後的裝飾車縫，所以也不想立刻拔電源，但是，就在我要跨過去時，天下最愚蠢的事發生了！我的右腳拇指竟然鉤到左腳的褲管下緣，而且還纏住了，

放大！

這樣好幾次之後，我終於下定決心要解決這個問題！我想了很久，也仔細思考自己的習慣和個性，我覺得就是因為環保袋太大，不方便收放入自己的包包裡，而市面上也有一些可以擠得很小的環保袋，就是用像雨傘材質那種防水布，很輕、很易收得很小，應該是我的理想型的購物袋！但那種的也有一個問題，通常攤開後就會發現袋子本身不夠大，無法放多少東西，尤其是，如果我是要用來裝一星期的瞎拼份量的食物，它根本就不夠大。

所以「自己做」又再度成為唯一可行的辦法！我一定要用那種雨傘布做出大尺寸的購物袋，還要能收小到我願意經常放入包包。終於，我也想到我那一次也沒穿過的風衣！那件風衣因為是展開的線條，所以布很足夠，而且它還有不同花色、相同質材的裡布，裡布那面也可以利用！

（次頁續）

失去平衡的一瞬間，我看到客廳通到走道的兩階台階，走馬燈開始跑時，我插花地心想：
「完了！我的頭剛好會倒向那裡！這一撞我就要成為冷案之一了！」
急忙中，電影功夫進入我腦中，我兩手向地板打出如來神掌‧‧‧

还好有看过电影!!不然搞不好已经撞得頭破血流!!

就這樣，我的右掌（先下地）就挫傷了！客廳也隨著我的身體隨後撞上，發出一陣巨響，兩隻貓嚇得驚逃，我則盯著台階倒在那裡發呆，一切實在太突然。
天底下竟然有這麼好笑的事卻沒有觀眾來笑！我還真有點失落感‧‧‧白演了。
還好我還有左手可以打字，而且我向來也只用左手打字，真是萬幸！
最後，請欣賞我的手提包吧‧‧‧

這樣，我做了兩個大尺寸購物袋了，這幾次去荷蘭確實都有記得帶著，實驗證明很方便，我很滿意。

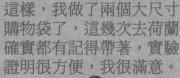

現在有很多紙袋都做得很好，尤其是一些服裝品牌，袋子的提把都會用一些特殊的織帶，就讓紙袋成為丟了可惜、放著無用之物。所以我都會把織帶拆下留著，紙袋拿去資源回收，這黑袋就是使用紙袋的織帶來做提把的。

收起來小。

天長地久 棒棒糖

我回台灣之前，我弟要求我幫他帶一种巧克力棒棒糖回去……

email ☒
妳先幫我看一枝多少錢，我再告訴你要買幾枝…

你知不知道你姊很忙？這种時間还要我執行你的小氣程式嗎!?

汽油很貴的！我才不要跑兩趟!!!

所以，東西我是買了，不过，擅作主張地買10枝……

怎麼才買10枝呀？

這樣根本不夠呀

弟

如果今天是一枝50元，你恐怕会嫌我買太多吧!?

就是 See's Candies・・・
奇怪的店名或品牌名，
但是就是它家出的沒錯。

所以，我答应他，回美後再去幫他買50枝寄回……（報答他這次在机場等了我2小時而没發脾氣）

我印象中這一根棒棒糖是吃很久的，吃到我不想吃了，也沒地方可放著讓我暫歇，只好一邊嘆大氣、一邊消極地繼續吃。

但是有讀友告訴我，他們半小時左右就吃完了！！！

我很難相信，所以儘管「餘悸猶存」，我還是試了第二回。為了證實半小時是可能的，第二次我就是一刻不敢稍歇地積極吃，確實在三十七分鐘左右吃完，但是，但是，這不是我吃糖的風格啊！完全很像吃糖的機器，我覺得有點折磨我的享受‧‧‧

吃人嘴軟的大王，看到我竟用手拿著巧克力棒，馬上就六親不認地檢舉我了！！！

因為每30枝有特价，所以我乾脆就買了60枝，大王因為吃了兩个免費的巧克力夾心，覺得他們的巧克力不錯吃，又向我要了一根棒棒糖……

很開心的大王边走边吃棒棒糖，还很有耐心地
陪我逛完血拼魔裡的鞋——

好吧！買了70枝的巧克力棒棒糖，我總要了
解一下究竟是什麼滋味吧！我於是接棒繼續
吃……

因為巧克力的滋味很濃郁，所以光是含著吃
就有滿足感，而且棒棒糖本身也真的很硬，要咬
碎快吃也咬不下去，我不得不承認，這真是天
長地久巧克力！我弟又做了另一次完美超值的
選擇！

我弟的節省也有造成家人
的麻煩。舉例來說，他只
有一件西裝褲，這是專門
應付上班才穿的，他平時
也不穿西裝褲，所以怎樣
也堅持不再買一條。
因為這樣，我媽就得記得
每週末一定要洗到他的西
裝褲，不然下週上班他會
沒有乾淨褲子穿。
照理說，他這麼小氣也該
自己記得、甚至主動積極
把西裝褲交出來洗，可是
擔心掛記這件事的也只有
我媽，每次催得要死要活
，才終於能搶到我弟的褲
子洗！我弟可真是太過分
！
所以我也經常叫我媽不要
在意這件事，沒洗到就是
他的報應，他自己想辦法
。可是我媽這個人還蠻注
重禮儀和生活衛生的，她
就是有點無法接受一件褲
子連用兩星期···

乘法表

前一陣子，大王突然告訴我

妳那麼愛DIY，肯不能幫兒子做ㄇ乘法表？可以掛在牆上那麼大的…

乘法表？你是說2ㄨ2那种嗎？

說到教育，也很容易有爭執，因為每個人對「怎樣才是對孩子最好」的價值選擇觀，基本上差異就非常大，也有非常多不同的意見。

當台灣的父母們不斷抱怨現在的教育方式如何筆又如何差時，殊不知，國外也有這種情形……

瑪优說，現在学校都不再讓孩子背乘法表了！

哪有這种道理!? 光是問ㄍ 3×7是多少，我的孩子都要想很久！

馬上進入狀況！

什麼!? 不指表，更大的數字乘法要怎麼算!? 不合理!!

怎麼算？聽說是用計算机算 ← 這可ㄈ得搞笑！據說，因為現在是ㄍ电腦普及的時代，所以学生們只要了解乘法的原理就好，不必死背

乘法表,而了解乘法的原理後,自然仰賴机器計算也沒關係了……

但,誰敢保證我兒子永遠不會不小心流落荒島!?

那時,他們不見得有帶計算机啊呵!!!

我支持你啊─就算在荒島要和猴子買33根香蕉,也要知道誰童叟無欺嘛…

所以,我很快就進入製作乘法表的構思階段……

筆之……

那是什麼東西???

九九乘法表呀!!!

2×1=2	7×1=
2×2=4	3×2=
2×3=6	3×3
2×4=8	3×4
2×5=10	3×5=
2×6=12	

乘法表才不是長這樣!!騙肖A!

1	2	3	4	5	6	7	8	9	10	11
2	4	6	8	10	12	14	16	18	20	22
3	6	9	12	15	18	21	24	27	30	33
4	8	12	16	20	24	28	32	36	40	44
5	10	15	20	25	30	35				
6	12	18	24	30	36	42				
7	14	21	28	35	42	49				

你有沒有唸小学呀?這才是乘法表嘛!!

下至11

◎上圖例:4×6
看得出是24.

挪威的乘法表看起來真是聰明俐落多了,不像我小時候是「2 X 2 = 4」這樣一條一條列出。
可是,再想一回,我又覺得我們的也不壞,如果是「大人」當然就會覺得挪威的表聰明俐落,但是用小孩子的條件來看,「2 X 2 = 4」這樣的小切割應該比較嘛得下去吧?就像我們餵食小孩時,總是會把食物弄碎弄小,方便他們一口一口吃。

我一直在問大王,他們是怎樣背表的?因為他們那種表比較不像我們有斷句,可以一句一句背,然而大王也只是很籠統地說「就是這樣記下來而已啊」,我還是沒能搞得清這問題。

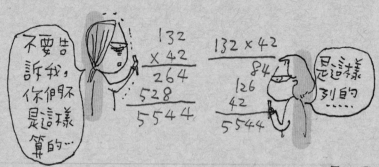

$$132 \times 42$$

突然間，我不知怎麼地，很反過來苟同「了解乘法原理就好，不必死背乘法表」的說法！

條條大路通羅馬，

既然你從那域去也通，我從台灣去也通，下一代從太空去為何會不通？

喂！！—

在荒島買香蕉怎麼辦！？

施主，學佛吧！！

放下你的執念…… 讓我為你祈福……

我知道了，妳不想DIY吧？一定是這樣次……

這也是另一個我偶然間發現的難題：

愛傳和托比爭玩ＰＳ機器，爸爸於是規定，每個人一次玩半小時，兩個人依序輪流，很公平，還拿出烹飪用的計時器設下時間，半小時一到計時器響起，就換人。

托比玩滿他自己的三十分鐘，雖然有放手，但他總是會在旁邊看愛傳打愛傳的遊戲，有時情不自禁就會希望愛傳讓他玩一下，愛傳是個比較會和人分享的人，也習慣要讓弟弟，通常很輕易毫無思考就給出遙控器了，然後他的三十分鐘滿了，他才驚覺他沒怎麼玩到！要放手時就不甘心。

爸爸沒有注意他們打遊戲機的情況，聽到鈴響看見愛傳不放手，當然覺得兒子不對，應該照說好的規定來，不可以賴皮。所幸我是個在旁無事觀看的人，我有稍微替愛傳解釋一下情況，所以爸爸就多讓愛傳打十分鐘。

萬一，在父母沒空注意細節的情況下發生這種事呢？一個已談好設下的公平規定，一個弟弟總是合乎時限，遵守規則交出遙控器，另一人因為自己的禮讓弟弟而損失而爭吵，進而使沒空的父母誤會他，這是不是有點像告訴他「以後為自己著想就好」，或是鼓勵他該自私些，禮讓會吃虧？

即使事後和他明講：「規定就是這樣，你要讓出遙控器時，你就要知道這是你願意讓給他人的時間，不能事後反悔」，然而這樣說，是不是也還是有鼓勵「自私些」的影子？以後他不會毫無心機地自然禮讓，以後他會多想一想。

這樣是好是壞？這實在也是個難題‧‧‧

貓咪 的 殺意

六年多前，當我決定定居到美國後，六七箱用海運慢慢飄流而來的行李中，有一个鶯歌的瓷盆……

妳寧願帶臉盆也不帶大同電鍋嗎!?

吃不到米飯也無所謂嗎?……

朋友

什刻臉盆? 太失禮了!!

實話說，我也不知道這鶯歌的瓷盆是要幹麻用？但，喜歡就是喜歡，流浪也要帶它來亏錢！很安慰地，它一路海上飄至，並沒有破！後來成為貓咪的睡床……

這個木架其實是我的地球儀的架子呢！也是從台灣帶來的，我的地球儀當初就是在士林天文館買的。

只是後來發現在國外和人談國家、地名等，還是要用英文比較搞得清，所以就把「地球」收起來了，把架子拿來架盆子。

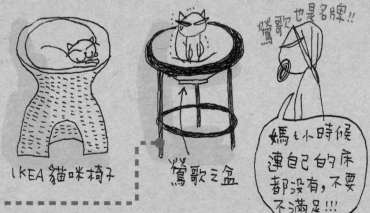

IKEA 貓咪椅子

鶯歌之盆

鶯歌也是名牌!!

媽，小時候連自己的床都沒有，不要不滿足!!!

IKEA的貓椅子因為長久的使用，加上，它是籐製的，終於也一步步變醜，最後連貓咪也嫌……

磨爪用　名床

不要吵!!

再爭媽ㄟ要拿回來洗臉喔!!

還等不到我把名床收回來洗臉，兩貓相爭就已經先把它打破了……

我的心—
我的心—

碎了

妳怎麼了!?怎麼回事!?!?

從極度心痛活下來之後，貓床也再次改變了—

←上層IKEA的一半磨爪器。

←下層，破掉的鶯歌盆。

講什麼？用英文講！

不然媽ㄟ聽不懂

照片看得出來，缺了一角。身邊親朋好友都說「把碎片黏回去就好了」，問題是，盆子雖然只是摔破一小角，但是那掉下來的破片可以說是粉碎性骨折了！粉怎麼黏啊？乾脆用補牆壁的補土算了…

從這個盆破了以後，我一直想再去鶯歌，而且立刻就想去，好像失心瘋了…

可能貓咪真的很不滿吧！他們常是一起擠在上面，

要不然就是一起擠在下面……

幾天後，某貓發難，再度企圖取我的老命……

爐具的蓋

妳還好吧！？天啊！
有9條命的是妳吧……？

那個爐具的蓋是金屬的，一打下來頭頂局部發涼，我就知道我流血了，手一摸果然不錯。

我那一陣子真是衰，雖然一直告訴自己低調低調低調，不要衰神出巡還大吼大叫，可是我真是有點忍不住了，收驚過火都好，老天爺麻煩你讓我平順一些！···但是實際生活還是要按常理來，我規定大王從此不能將爐具蓋放在上面，大王看我也確實很衰，竟然沒有二話就接受了！

然後我也很知足地暗喜一下，我的要求竟然這麼容易就被接受耶！老天爺果然還不賴嘛！···

Taiwan 奇蹟

去年年底,我們收到cable电視的通知書,說他們不再代理付費的中天頻道,但是他們同時也有許多付費的「中國XX台」可以選擇……

四年的變化就可以很大了。

我搬去東岸的朋友已是兩個孩子的媽,事後她和我說她沒看開票,除了說帶小孩很累之外,她也覺得誰會勝出早已明顯。另一個回台灣的朋友,並不是特地趕回去投票,主要是因為她的婚變,所以帶著小孩回台灣散心。

然後就是這裡提的,我們西雅圖已經失去台灣的電視台。

只有我還是和四年前差不多……

四年前,我和西雅圖的兩个台灣朋友一起熱夜看開票,四年後情況完全不同了!她們倆除了都当上媽々之外,一个搬到東岸去了,而另一位不但回台灣,而且还考慮搬回台灣!

今年,我和我媽一起看開票──

MSN和媽々影音連線!!

台灣娘家的电視

不行,不行!這角度反光了,往下移一点,往下……

啦 啦 隊!!

多克難呀!!

媽々,要開始啦了沒???

各位台灣的朋友!你們以為我会笨到不知道網路可以看即時開票嗎?我当然知道「出外」不是和㸒父母連在一起的!可是,我去

為了我的網路攝影機（WEB CAM）,我當初還特地去買了個耳機,那個耳機雖然陽春,但我很喜歡,因為它只有單耳,我除了能聽到連線者的聲音之外,也不怕忽略到我現實周圍的動靜。

但是我太大意了!只因線沒收好,有天早上醒來就發現它斷成兩截・・・

MANY !! YoYo!!～

不孝子…

後來我要再找一模一樣的已經找不到,只好隨便買一個耳機,剛開始還真是不習慣不滿意!

不敢乱动,怕会彈出……

但是很快就又發現它也有它的優點──從耳機的線上就有開關能控制音量,不必特地把電腦喇叭點出來調音量。我知道這也沒什麼高科技的,不過過去我要調音量時,確實是要特地點出電腦的喇叭控制來調音量的・・・

總之線上開票的網站，往々沒看多久就掛了!!

掛……

你們這些在台灣有電視看的人，幹嘛和海外遊子搶看網路開票哟～

失業中 （台灣景氣真不好…）

就是因為這樣，我才只好豪華双螢幕看開票!!（我媽的電視螢幕→到我的電腦螢幕!)

最後，要感謝民視新聞台，因為所有的電視台你們的**字最大**! 是唯一一家經過双螢幕後，还能看得到數字的新聞台!!

這樣看開票!? 台灣人果然都很奇蹟!!

一和我媽連線後，就發現自己已經面對一架電視機，我媽早就把鏡頭都對好了。別以為這是什麼簡單的工作，因為我媽的電視機在牆上很高的地方，電視機的電源插頭線很短，種種條件使它無法被移下來，我媽只好把她的WEBCAM綁在竹竿（晾衣服那種）上端，把鏡頭舉上去對電視。然而她的WEBCAM也是有線的，線也有一定的長度而已，算是費盡千辛萬苦才把兩者都弄好。

我一開始不知道這樣已經很好，還要求我媽再把鏡頭對好一些，所以我媽在那一頭和竹竿、和反光、和各家新聞台測試好久，最後我們終於悔悟，一開始才是最好的！我媽一開始就做得很好了！我也真是個不孝女呢‥‥

小黃咪賣

每個星期四是我向台灣天空傳媒交稿的日子（在台灣是星期五），所以這一天我都不希望有任何事來干擾我的畫圖寫作，要不然我都沒有好臉色。

多年來大王也知道星期四是怎樣，然而，他還是經常星期四麻煩我，我被叫去接他這天，日期我已忘記，但是在星期四我沒忘記‧‧‧他說他不是故意要煩我，只是他的車子汽油味真的很重，「隨時有爆炸的可能」。

是醬嗎‧‧‧‧‧

上週的某一天正在忙時……

> 我的車，突然汽油味好重喔，你可不可以來接我下班？

> 我今天忙死了，你叫小黃載你啦——

後來，我的工作終於完成了，大王卻還沒回來……

> 反正沒人關心我的死活，我就繼續加班囉……

> 就有人關心我了嗎？

> 好啦好啦，我現在去載你可以吧？！

大王早上出門時沒下雪，所以他並沒有直接借我的車子出門。

今年（08）可真是奇怪，西雅圖四月下旬還下雪！不知道是誰有冤屈？···
···不會是我吧！？難道是我？

每隔一陣子，總是有些事故讓我不得不充当一下大王的司机……

奇怪了，到底誰才是花呀？就算是三八阿花，也該我是花吧？？？

護花使者

但是看在只是「每隔一陣子」，我也只好忍下來，結果沒想到才当完小黃的隔天，西雅图竟然下雪了！！！

不会吧？？？今天又要去当司机了！？

哪有輪班輪得那麼快的？

我們家的車，只有我的車是四輪伝动的，所以每次一下雪，只有我的車才經得起考驗，問題是，不是已經該春暖花開了嗎？怎麼這种月份还会下雪呀？？……

老天爺──你太不公平──

是春暖花開了呀！所以妳要來保護我……

好險地，來勢雖猛的雪，竟然也在傍晚轉成雨，滴嗒下了好一陣之後，又把積雪都化掉了!!!

還我公道了!! 我才是溫室中的紅玫瑰呀!!!

然而，再隔天，@雖是休假日大王還是去加班，到了傍晚，又下起了冰雹雪……

就算我是咪貴 →玫瑰。，我也是老了、退休了的咪貴呀……

原來退休了的咪貴都在當運將嗎?……

很像是開玩笑的，冰雹雪下了一陣後，大王突然自己已抵達家門……

什麼鬼天氣呀? 口森死人了!!

可不是嗎…… 實在是…… 太感人了……

感人??? 好英文在退步了……

瑪優今年有認真問過我，我會不會想生自己的小孩？

我說，已經決定不生了，除了我不想走她走過的那條痛苦的人工受孕過程之外，我的個性也非常神經質兼緊張過度，我可能會擔心這、擔心那，最後把我的小孩鎖在家裡、不讓外出。她說她有感覺到，只要一外出，我的眼睛隨時都在看著愛傳和托比，即使經過動人的商店城，我也一心不亂，所以她也一直很放心把小孩交給我顧。

同樣的，我也明明領教過挪威人大王在雪中的開車技術，也看過他們挪威人在冰上走得急急快的功夫，但我每次一看到下雪還是會緊張，會擔心老公怎麼回家？有一次風雪時在電話中，我還一直叫大王去附近飯店住，不要回來了！我確實有點誇張。

可疑

我偏要回家……

戰轉勝

經過了經常性加班後，大王終於了悟了自己加入了一个魔鬼小組……

> 我很抱歉現在打電話來，但是……出了問題……

> 妳也不必畫得這麼誇張吧？！

星期六晚上10點多

終於，憂鬱星期一症候發作了！……

> 喝！！

> 我要爆破了！！！

> 明天星期一了，我馬上要恐慌發作、憂鬱發作、氣喘發作！！……

> 喝！！

> 吼！！！

地球危險！

快閃人！！

這個人真的有情緒管理不良上的毫無天份，要不然不會搞出這麼多心理病來……這是我很愛莫能助之處，因為我也不是心理醫生，我不知道怎樣才能使他平靜下來、暫忘工作。所以我經常就是務時地自己去避風頭。

大王煩燥時所製造的噪音，足足是四个天線宝宝加起來的十倍強，尋常动物本能就是逃！找个角落躲起來聽自己的心跳声……

你在做什亥!?

聽…新聞……

樓上

讀新聞有很重要嗎!?

炸彈

樓下

当然不重要!!但是躲避凶神並求生，很重要!!!我又沒有望夫成龍、也沒有派夫加班，為什亥我卻要忍受這种恐怖情緒？我对大王經常加班都不曾有一句怨言，不曾說他在家庭和工作之間為難，我難道还不夠当模範太太的代表嗎!?

我不想活了!!你聽到了嗎?我不要活了!!!!!

我想起交換日記（四）的英國人醬，他曾說的一些話確實影響了我，即使是在明天就要分離，今天、此刻你也還在這裡，不要爲還沒發生的事，預先痛苦或傷感，諸如此意。我獲得此寶毫無困難，但不是每個人都能如此輕易得到寶物。

但是我也要說，大王專心起來時，他努力做一件事時，他能得的成績是我永遠也達不到的，因爲我沒那麼甘心執著，及格我就會沾沾自喜了，我也不會將任何喜歡的人或事，去擴充成爲人生的全部。但是瘋子會，所以瘋子和天才只是一線間。沒人看過不熱愛音樂的人，會成爲偉大的音樂家。

我生平最痛恨人家用死威脅我!!!這到底算什麼?
我不是你痛苦的任何一絲來源,你憑什麼用死
威脅我?
我的情緒一瞬間因為這个威脅,從害怕逃避
變成五石芒楚的烈火!

想死是吧!?
我陪你!!

我今天收到半年度版稅滙款,
才你半年賺的五十分之一,我的
命和你配很
值得!!!!!

不要呀
一定是有什麼
誤会吧
?!!

走!!馬上好!!!

(確實有誤会,版稅分了二次滙款,可是当時我並不知)
原本渴望得到安慰的大王,聽到我那微薄的收入
倒是㖕得瞬間平靜了,他的人生突然間又是爆
肝也很值得……

啪 來呀!!!
來打嘛!!!

喝 哈

不一
不一

我的人生實在
太美好了…

平常我真的不太敢用激將
法的,我覺得那很容易走
火失誤,還是少用好。但
是那一天我真的也是又怕
(不知如何面對一頭發狂
的野獸)又無助(我竟然
賺這麼少,怎麼活啊),
所以就順利製造出炸彈般
的威力了!
現在相當感謝版稅分了兩
次匯呢!如果我那天知道
自己經濟狀況還OK,可
能就會默默忍受,要不然
也是火大了,乾脆大吵一
架離家去住飯店。所以當
時以為自己沒錢活不下去
了,還嚎啕大哭呢!嚇了
發狂中的野豬一大跳!他
馬上冷靜下來問我收入多
少錢,一聽完馬上陷入沉
默,整個家只有我哭得楚
楚動人。

我那一刻還想,真的賺得
這麼少也不是沒有一點好
處,至少野豬平靜了,大
家回到只為找食物生存下
去的古代,也省了那麼多
紅塵慾望・・・

事實也證明大王也不是那
麼自私的人,他後來也安
慰說,會養我,不要擔心
。

這可讓我反思又反思,錢
「多」真的是比較幸福嗎
?

敬請期待

趕稿時也是有好處，像我這幾天就感覺不錯。

但是不要誤會了，千萬不要以為大王的個性會突然改變，不再對我嘮叨或命令──這些還是像往常一樣多的，只是我能理直氣壯地說「SHUT　UP！我沒空聽你這些！」──雖然這句話我得一天重複一百次，但是，可以光明正大地說，隨時說，我已經很滿意了！平常哪有這種福利。

在家裡，我似乎奴婢也当習慣了，為了不想多聽見嘮叨、為了不想多聽見獅吼，我還蠻寧願用「多走也幾步辛勞路」來換取日子的安寧和平靜……

> 這封信要怎麼寄？
> 我黏錯封口了！
> 妳幫我倉膠帶來…

> 嗯─
> 你等一下……

平常，多半是大王在指正我的英文發音，但事實上聽過大王講話的親朋好友皆有和我反応過，大王的英文「像説話含在嘴裡」，根本不易辨聽。

其實我現在對我的英文已經產生信心，因為我發現我總是經常早大王一步理解人家在說什麼。

舉例來說，有一天我們一起去買飲料，付款時，小姐說：

「It's 2 for 5 now, do you want to grab another one?」

（現在兩瓶五元，你要不要再拿一瓶？）

大王固然是有聽出下半句再拿一瓶，可是他沒聽出第一句，所以我也在加旁說「2 for 5 bucks 啦」，大王才終於回魂般地了解。

小姐，那是因為我習慣買了妳的破英文……

害我的英文變差……!!

所以，在我下樓拿膠帶之時，「彷彿」聽見大王又追加說「还有牙籤」。

半分鐘後，我拿著膠帶和牙籤回來……

拿去

???
?

你不是要我拿牙籤嗎？

不然是什麼?…

坦白說，這种「語言不通」在家裡也是家常便飯的事，很快我也知道他最後說的並非牙籤。

但是，大王根本就強辯說他最後並沒有補充交代什麼！

以前，往往說話到此我們就会陷入爭吵了——是！我是很願意多走幾步享

勞路，但為的是大王你能保持優雅的情操，不要多挑剔我！不然我為什麼甘心当奴婢还附贈牙籤?!

破病連〜的近日，我們都累得有点懶得吵了！尤其大王看到莫名其妙的牙籤，那种意外的重驚，早就超越了爭吵的心……

我自己也覺得好笑而無心爭戰，雞翅!? 那是要炸的好，还滷的好？這点子好像也不錯！吵一吵还可以補充体力……

趕稿終於要結束了！
我要感謝大王讓我盡情地說 SHUT UP，我要感謝美國便利的食品：

因為我已經有些厭倦微波食物，所以這次改吃這種用烤麵包機加熱的三明治，有火腿起司口味，有草莓蘋果口味，我都是烤兩片，鹹的当正餐，甜的當飯後甜點。

還有感謝美國各式冷凍蔬菜，實在快速好用，甚至號稱有蔬果 100% 營養成份的蔬果汁。謝謝 YOYO 總是當鬧鐘叫我起床，MANY 也不忘提醒我「貓」要有休閒娛樂。

最後，一定要謝謝你們買了這本書，讓我不再為版稅哭得淒楚動人‧‧‧

國家圖書館出版品預行編目資料

西雅圖妙記／張妙如 圖、文、攝影
--初版--臺北市：大塊文化，2008.07
面；公分，--（catch：76）

ISBN978-986-7600-67-7（平裝）
ISBN978-986-7059-77-2（第2冊：平裝）
ISBN978-986-213-006-3（第3冊：平裝）
ISBN978-986-213-072-8（第4冊：平裝）

855

10550　台北市南京東路四段25號11樓

廣 告 回 信
台灣北區郵政管理局登記證
北台字第10227號

大塊文化出版股份有限公司　收

地址：□□□□□ ＿＿＿＿＿市／縣＿＿＿＿鄉／鎮／市／區
＿＿＿＿＿＿路／街＿＿＿段＿＿＿巷＿＿＿弄＿＿號＿＿＿樓

編號：CA145　書名：西雅圖妙記4

大塊
LOCUS
文化 讀者服務卡

謝謝您購買本書！

如果您願意收到大塊最新書訊及特惠電子報：

— 請直接上大塊網站locuspublishing.com加入會員，免去郵寄的麻煩！

— 如果您不方便上網，請填寫下表，亦可不定期收到大塊書訊及特價優惠！
　請郵寄或傳真 +886-2-2545-3927。

— 如果您已是大塊會員，除了變更會員資料外，即不需回函。

— 讀者服務專線：0800-322220 email: locus@locuspublishing.com

姓名：＿＿＿＿＿＿＿＿＿＿＿＿　性別：□男　□女

出生日期：＿＿＿年＿＿＿月＿＿＿日　聯絡電話：＿＿＿＿＿＿＿＿

E-mail：＿＿＿＿＿＿＿＿＿＿＿＿＿＿＿＿＿＿＿

從何處得知本書：1.□書店　2.□網路　3.□大塊電子報　4.□報紙　5.□雜誌
　　　　　　　　6.□電視　7.□他人推薦　8.□廣播　9.□其他

您對本書的評價：

（請填代號 1.非常滿意 2.滿意 3.普通 4.不滿意 5.非常不滿意）

書名＿＿＿　內容＿＿＿　封面設計＿＿＿　版面編排＿＿＿紙張質感＿＿＿

對我們的建議：＿＿＿＿＿＿＿＿＿＿＿＿＿＿＿＿＿＿＿＿＿＿
＿＿＿＿＿＿＿＿＿＿＿＿＿＿＿＿＿＿＿＿＿＿＿＿＿＿＿＿＿
＿＿＿＿＿＿＿＿＿＿＿＿＿＿＿＿＿＿＿＿＿＿＿＿＿＿＿＿＿
＿＿＿＿＿＿＿＿＿＿＿＿＿＿＿＿＿＿＿＿＿＿＿＿＿＿＿＿＿
＿＿＿＿＿＿＿＿＿＿＿＿＿＿＿＿＿＿＿＿＿＿＿＿＿＿＿＿＿

♡
幸
福
エカ

LOCUS

LOCUS